街區味道——青年創作文集

主編：麥欣恩

推薦序

潘國靈

認識多年的麥欣恩傳來一本文集，是她去年在中大開設的創作課，其中十二個同學創作的佳作合集，邀我寫序，其中一個原因，她說是想找跟中大也有淵源的作者寫序，我爽快應允了。說到淵源，如連上與此文集相關的創意寫作，我在中大開授「創意寫作坊」也有十餘年，不過負責開辦的是新聞及傳播學院，但我設計課程時也儘量開闊文類邊界，虛構與非虛構創作混同，修讀的同學有來自新傳系也有來自其他部門，十餘年間學生人數由十五人不斷增加至三十五人為上限，而每年總有同學央着可否再加 quota，說文字弱勢，但在這年代仍喜歡文字，躍躍欲試創作或起碼在四年大學生涯修一個有別於正規課程的創作課的同學仍大有人在的。

說到創意寫作，美國作家 Francine Prose 在其著作 *Reading Like a Writer* 開章即問：「創意寫作可教的嗎？」(Can creative writing be taught?)，對此問題她直言感到迷惘，迷惘不僅因問題的合理性，還因為此問題被問及的對象，即她，是一個二十年來斷續在大學教授寫作的作家。如果答案是否，她笑言，那她便一直犯了刑事欺騙 (commiting criminal fraud)。答案當然不會如此簡單。任誰有心教過創作課的作家都明白，答案同時是 yes and no，如她所說，如果說的是對語言之愛可教嗎？說故事的才能可教嗎？答案恐怕是「否」。創作無法由老師如電流般傳遞至學生。但創意又明明可以被啟發，如她寫這本書所重視的，透過細讀心儀作品而學習創作，這固然可以是一個人獨個的修為，但以閱讀來打開文學視野或文字世界，以至在班中建立一種創作氛圍以至「閱讀社羣」等等，又明明是可為的。或者，主持創作課的，與其說是老師，不如說是導師（mentor），即便他／她在寫作路上累積了很多經驗，他／她自身在寫作上也永遠是一個門生。我們都知道，創作往往向個人歷練提取（借王良和一語：「在自己的傷口中採礦」），但歷練因人因境遇而異，急不來的，一門課就十數星期，在班房的設定（classroom setting）也難一起經歷很多。麥欣恩在自己的序中提到一個方法，就是帶同學到城中走走，她提到的「灣仔文化遊」我確曾做過（一次為香港藝術中心，一次為香港大學通識教育部的創作坊而設），以腳踏足城市，以至打開其他感官，從具體的地方接連歷史及其他，確是在創作課中值得嘗試的。我早期在中大帶創作課，學生尚限定在十五人以下時，我必有一兩節課帶同學到灣仔或油尖旺走走，但自從人數愈來愈多，這種文化遊也愈添困難，尤其在當下社會，一不留神怕被控「非法集結」呢。總之，我想說的是，一門創作課，修讀的學生不僅各有不同，帶的老師亦必因其喜好、所長而有着自身的「簽署式」設計，而回到 Francine Prose 一書，在班房的設定裏，由閱讀通往寫作之路，不僅可取亦往往最能實踐，因為個人經歷急不來，但閱讀胃口卻可以一時被激發而增大，當然說的不僅是閱讀量，還有閱讀的水平和視野。閱讀並非通向寫作的唯一之途，但卻是重要一環，作家大多同時是寫作人與好讀者，由閱讀以至於寫，不少作家曾作過深入的夫子自道，譬如說，紐約作家，除 Francine Prose 還有美國才女 Susan Sontag（如她其中一篇 "Directions: Write, Read, Rewrite. Repeat Steps 2 and 3 as Needed" 便說到閱讀先於寫作）。

本來只是想淺談創意寫作作引子，一打開話匣子便一千多字，必須打住。說回手上我剛讀罷的文藝創作合集（在寫這序言時此文集尚未有一個名字），我不清楚麥欣恩課程的具體設計和特色，但她序言中提到其中三篇以北角為背景或素材的，便是肇因於北角的文化遊；其餘一些，她說大體上是「請同學以小說或散文形式寫城市的歷史」。麥欣恩在序中已給每篇作品作點評，我這裏也只是概說一下閱後的觀感，即時所記得的。整本文集閱畢後，第一個感覺是稍稍出乎意料，我以為同學會多寫當下（我近一兩次帶的創作課，不少同學就寫到反修例運動，或比較虛筆地寫到失城當下），但十二篇作品中，不少是回到昔日社會，或者說是從舊時光徐徐步至現在，不少讀來都披着一道歲月的發黃痕跡。

譬如曾欣欣〈昌成大押〉寫的是步入夕陽時代的當舖、莊瑩的〈一曲寄心聲〉寫的是七十年代工廠女工的故事、〈北角之夜〉寫的是北角作為「小上海」麗池仍在經營之煙花歲月，即使是稍近的〈南昌街卅二號〉、〈不知北角〉聚焦的也是同學出生前的九十年代，現代感強的〈忘憂酒吧〉也打撈一九九二年大除夕晚上的蘭桂坊慘劇作故事，此外李綺雯的〈坡裏的那些事兒〉離開我城帶我們去到貴州，也是藉母親之口說着上一代的故事。我看這種歲月鉤尋，作者稍稍「離開」自己遙向舊時代呼喚來細說故事，構成了此文集的特色之一。事實證明，小說確有往返穿越時光的力量，而每篇故事述來，各有不同手法，沒有重複，讀來也甚堪玩味。我不認識文集中的同學，倒有興趣知道他們如何找到有關素材，是通過閱讀還是訪談（如前人的口述）。當然，若細意斟酌的話，有些可能因為不是他們所屬時代，細節上以我所知或經歷的或稍有偏差，譬如說〈不知北角〉裏寫到在皇都戲院裏看周星馳的《西遊記》，人人少不免拿着一根蔗，是真的嗎？一九九五年戲院觀眾仍會吃「一碌蔗」嗎？譬如〈紅燈綠燈〉裏寫到北角唐樓，作者說「北角唐樓的層數相當有趣……明明是七樓，英文卻是『EIGHTH FLOOR』」，但應是相反（英文比中文層數數字少一），而這種差別並不為北角所獨有。〈北角之夜〉寫一個女子在春秧街一住三十年，小說有很多佳句，譬如女主角王迪安「從安姐到安姨」，另外說到她乘電車「兩毫到兩元，是另一個時間的刻度」都不俗，但寫到王迪安年輕時是「小上海的一朵名花」，也許因為實在無法回到過去現場，作為重要場景的麗池夜總會稍欠了點細節的描劃。又如〈昌成大押〉寫到由爺至孫的當鋪，經營三代了，照理應該不會開業於「八九十年代」那麼遲？以上或只是一些瑕疵，我無意批評，只是帶出寫小說，尤其寫不屬於自己年代，其中的佐證（testifying details）有時對作者會有更大的要求，但當然也值得嘗試。手法上，大多作品為寫實之筆，少數如極富想像力的〈出埃及記〉帶點魔幻現實；但無論什麼手法，作者在「說什麼」時也往往悉心經營「怎麼說」，譬如〈坡裏的那些事兒〉首尾呼應，以「打蓮槍」（貴州山村一種集體舞蹈）開展也以此作結，當中以媽媽向着伴着回鄉的「我」（文文）述說故事，物事皆非，儘管難堪，放不下仍是成長的回憶，透過說故事也似乎成全了兩代人的相交。〈一曲寄心聲〉麥欣恩說令她想起《又喊又笑：阿婆口述歷史》，我想起的卻是蔡寶瓊統籌的《晚晚六點半：七十年代上夜校的女工》；故事或者新意不大，但透過主角向電台點唱的形式帶出卻甚具創意，尤其點唱的對象，由王招娣到工廠公主到 April 到吳美麗的轉換，其實都是女主角陳招娣自己，或曰不同的化身，由此帶出她不同的面貌和生活。〈大圍街道的遺留和現在〉頗有城市浪遊之感，特別在通篇以街頭食店貫穿，也可說是將地方和飲食連結的城市誌。〈南昌街卅二號〉寫小兩口子在深水埗開店，由小五金做到大五金，再經營美容美髮代理，至最後變成中醫健身公司，其間搵了第一桶金也生了三個女兒，表面看來是頗為熟透的上一代靈活拚搏獅子山精神，但細看實筆之下也有寓意，譬如兩個女兒在九七前出生由接生醫生接生，到第三個女兒已跨越九七來到一九九九年，三女出生於人稱法國醫院的聖德肋撒醫院。更富寓意可能在行業之變，由為國內製衣廠張羅物料（不同款式鈕扣）到成為比利時美容美髮代理到國內招商，到最後美容品景氣衰落了內地製衣廠也無需你做物料中介了，最後變身成中醫健身公司，如何「本土」「中國元素」始終不離，有着時代的寫照，也彷彿帶有象徵意義。這裏無法對每篇作品一一論及，總之，不同作品有不同手法，其中語言特色也值得關注，譬如〈南昌街卅二號〉用到不少廣東話口語，〈坡裏的那些事兒〉則用上不少貴州方言等。主題、形式和語言之外，當然文學作品讀時所產生的感受也是重要的，如〈出埃及記〉說叔叔斷了左手仍感到它的存在，不是那麼「幽靈痛」（肢體斷了但仍感到其痛楚）而是它被製成「木乃伊左手」彷彿仍能與「主人」遙相感應（誰是主誰是附屬物在小說中卻有逆轉），讀到後段山東家鄉「孩子們拿出了打火機和蠟燭，趁着大人們不在家，把木乃伊左手放在蠟燭上慢慢動，慢慢烤」，我彷彿也感受到那左手被烤之灼痛：二十年間，阿歷山大城最後一個製作木乃伊的老人死了，年輕人不再相信那叔叔和他左手的感應，不同的時代變遷，在不同作品都有所着墨。看完集內的〈忘憂酒吧〉，掩卷時竟也有衝動喝一杯瑪格麗特，就在今個晚上。

是的，一門創作課，最後交出作品是重要的，也可說是果實。起初我說到教授創作課「必有的疑惑」，往往都在學期尾細讀學生作品時得到舒緩，看着一篇篇作品，知道有些同學上心，有些同學還是受到啟發，事實上，不少同學第一篇作品就是出於創作課的，我想，這也是創作課的一種難得。願這本文藝創作集可以進入更多人的視野，作品完成了，只有在被閱讀時才得重生。是為序，匆匆一筆。

潘國靈

二〇二〇年九月十三日

編者序　少年夢，比天高

麥欣恩

沒想到二十多年後，我會在中大教授文藝創作。

一九九六年至一九九九年間，我在香港中文大學中國語言及文學系唸書，大二那年，我修讀了楊鍾基教授的創作課。當時班裏只有二十人，楊教授每一課都在講詩，所有習作都是寫詩。雖然我不是詩人，而我更喜歡敍事文體，這門課卻送來一段寧謐意外的好時光，恍如去了一趟遠遊。在第一堂課上，楊教授把課堂規則說了一遍，然後半帶凝重地拋下這句話：「從今以後，我們就是老師與學生，即使在課程結束後，你們的作品我都會願意看。」懵懂少年，總會遇過刺目陽光。突如其來的茫然與衝擊，無緣無故被虛無淹沒，情緒奔騰無端來襲，這跟詩情，何等接近。課程結束後，我沒有把自己的文章都交給楊教授點評，甚至沒有聯絡。可是，他的說話一直留在我心。我倒願意相信師生之間，總有一份不輕不沉、不因時空而褪色的情誼。

二〇一九年一月，我開授這門創作課，班上的三十多人主要來自中文系，也有其他學系的同學。我們花了一點時間自我介紹，他們的朝氣與神采，一副奕奕然認真求學的樣子，叫我不敢怠慢。在設計這門課時，我曾經想過辦一次灣仔文化遊，後來改變了主意，邀請曾肇弘先生帶隊漫步北角。那是一個密雲滿佈的三月天，街道還飄着濛濛細雨。我們約好早上在炮台山地鐵站集合，聞說有同學家住新界，從未踏足北角，於是大家又增添一份期待。我們首先遊覽皇都戲院，觀賞它的五十年代建築特色，再經過由皇家遊艇會會所改建的「油街實現」展覽廳，走到月園街大世界遊樂場遺址，遙看英皇道對街的蘭心照相館——那片曾為張愛玲留下倩影的舊地。[1]我們又去春秧街、明園西街看小福建、小上海的痕跡，然後去僑冠大廈、華豐國貨公司重訪「六七暴動」的左派據點，聞一聞國貨公司特有的乾貨氣味，再走到新光戲院回顧香港粵戲的往事。之後，我們拾級而上，在繼園臺聽「南天王」、孟小冬、司馬長風、宋淇的舊聞，最後途經七姊妹道到達北角碼頭，觀海聽浪聲。海面飄來的雨粉細碎堆起汽車渡海的維港記憶，同學們在風中雨中撐着傘，直面大海，在肇弘所講的舊聞逸事之中懷想似遠若近的老香港。

遊覽北角之後，我請同學以北角為材寫一篇文章，於是有了黃天穎

1 張愛玲曾在《對照記》提到，她在一九五四年住在香港的英皇道，當時宋淇夫人宋鄺文美女士陪她到位於街角的這家蘭心照相館拍照。

文章都以北角為背景，氣氛卻又各自不同。天穎是新聞傳播系的同學，在不少地景都拍了照片，她巧妙地以一個浪漫的小故事把這些北角地標串連，運用寫作人的腿，從一九九〇年代走到二〇〇〇年，由銅鑼灣踱步到北角碼頭，是一篇令人賞心悅目的小品。裕城的〈紅燈綠燈〉節奏明快，電影感很強，紅、綠燈交錯剪接增強了視覺效果。跟隨着敍述者的鏡頭，我們看到車水馬龍的現代城市。裕城頗能掌握微小說的特點，以短小的篇幅截取具有典型性的生活片段，揭露殘酷現實的同時亦不忘為讀者帶來一個驚奇結尾，佈局小巧別緻，別具一格。樂遙的〈北角之夜〉把舊北角與塘西風月重疊，寫女主角王迪安在小上海歡場上的淡淡哀愁與彷徨。這是一個荒誕的故事，也是尋常的故事，女主角是水中花，一直活在夢裏而捉不到鏡中月。北角小上海的豔麗情愛與三十年後的香港市井日常平行對照，千回萬轉，令人誤以為走進了李碧華的迷情世界。

除了以上三篇從北角而來的聯想，我亦請同學以小說或散文形式寫城市的歷史，基本上，其餘九篇作品都是以這個題目構思的。孔惠瑜的〈南昌街卅二號〉寫深水埗，[2]小兩口子從做「行街」到開店自己做生意，各種貨物也賣過，比如是製衣配料、鋼材、鈕扣、美髮用品等。故事圍繞各種貨物的交易，同時亦交織着一個家庭的成長、兒女的誕生。惠瑜直白的文字具有紀實性，觀察力強，香港口語的運用自然不着痕跡，簡樸的語調不失細膩，小市民過着實在又自在的生活，一門生意做不成，

2 孔惠瑜的〈南昌街卅二號〉獲得了「第七屆全球華文青年獎」短篇小說組鼓勵獎（二〇一九年）。

總會找到另一個契機。舊時香港，不就是這樣走過來的嗎？

李毓寒的〈大圍街道的遺留和現在〉提供了一個有趣的視點，毓寒來港的日子雖然不長，她對大圍的觀察卻比許多本地人出色。〈大圍〉通篇貫注聰穎佻皮的目光，尋常的街頭景色在毓寒的筆下增添了異國顏色，自由地塗寫市集的大街小巷，猶如一幅拼貼藝術，天然而成，莊諧並置。李嘉偉甚富才氣，是天生的詩人，小說雖然寫得不多，這一篇〈出埃及記〉卻有點不凡。從一個文明古國移居另一個，〈出埃及記〉的主角隻身遠赴埃及，把斷了的左手製成木乃伊，左手留在中國，自己則滯延在古希臘文化最偉大的城市裏，風塵飄泊。主角失去左手，變成了自由無羈的靈魂，他的華人身分為他帶來某種神秘性，雖然身在亞歷山大城，卻能感知遠在千里之外那隻斷手的脈動。從未娶妻，孤獨而驕傲。年月過去，家族新一代長成，在奇聞逸事的傳頌與被傳頌之間，許多事跡不斷遺忘與被遺忘。然而，亞歷山大城居民從不知中國，到爭相學習中文，廣袤世界在全球化的帶動下變得枯燥乏味。這篇小說模仿魔幻現實的寫法，亦貌似神話，寓意豐饒，把離散華人的感性刻劃得美麗又悲哀。

李綺雯的〈坡裏的那些事兒〉寫「我」跟從母親回鄉，訪尋祖地，卻揭開了一段殘酷慘痛的家族史，並為女性在農村文化的邊緣位置呼喊伸冤。綺雯善用貴州方言，主觀視角包裹着濃郁的鄉土情懷，把上一代人民的生存狀態與命運展現，流露出不願妥協的精神與仁慈的胸懷。敘述者回望過去，在尋找、反思之中，為新一代遺留一點親情，一點愛。莊瑩的〈一曲寄心聲〉氣韻清朗，在眾多同學作品之中，最能體現出香港的歷史與變遷。她選擇以「工廠妹」為主角，返回一九六〇、一九七〇年代的香港。小說以第二人稱敘述，拉近了讀者與主角的距離，隨着「一踏，一針，一踩，一推」的車衣節奏，莊瑩把工廠女工的生活展現眼前。雖然為了養家而犧牲讀書的機會，女主角仍然用功學習英文，努力上進。閒時看《長城畫報》、《國際電影》，又或打開收音機聽蕭湘的天空小說；興致來了，又會相約朋友去麗宮看電影、去涼茶舖喝涼茶，生活毫不沉悶。她只不過是當時女性的一個縮影，縱然面對逆境與生活的壓力，她們都會老實認真地面對人生，腳踏實地一步一步迎難而上。看莊瑩的小說，猶如看了一部《又喊又笑：阿婆口述歷史》，[3]溫情細膩，抒懷有致。

曾欣欣的〈昌成大押〉以經營當舖的爺孫三代人，側寫香港的一個古老行業。父親吳正宏為兒子改名為遠行，是不希望他依靠家族生意，誰知道兒子竟然主動要在當舖工作。〈昌成大押〉為這門夕陽工業增添了一種年輕現代的觀點，在經濟結構已經轉營的香港社會裏，原來有家族生意可守，也並不太壞！曾治的〈搬屋〉寫佐敦和油麻地一帶，敍事者最初搬來香港時，每天都會和母親逛九龍公園，這公園遂成為她在香港的心理依靠。後來敍事者搬過幾次家，讓她有機會在不同的大街小巷流連，尋覓生活的實感。慢慢地，她在香港留下一些感觸、一些記憶。文章以抒情散文記敍作者對於佐敦區域的情感，語言流暢自然，看似平淡，卻不失深意。

劉彥汝〈愛情樂園〉的女主角名叫流聲，帶點「流蘇」的影子[4]。故事發生的地點模糊，大概是內地一個城市，講的是世俗愛情。女主角敏感

3 曾嘉燕、吳俊雄編：《又喊又笑：阿婆口述歷史》（香港：新婦女協進會，一九九九年），訪問了十位婆婆，講述她們的歷史。

4 張愛玲名作《傾城之戀》的女主角名叫白流蘇。

世故，男主角也有點放浪不羈，在暗黑的晚上展開一段禁戀。敍事從女主角的視角開始，再轉用男主角焦點，把一個關鍵場面的情感糾葛層層剝開。所謂浪漫，原來是虛妄，當然還有欺騙的成分。也許有一種愛情，是從張愛玲那裏學來的。蕭鳳君的〈忘憂酒吧〉寫一段蘭桂坊的哀傷史，酒吧老闆程遠曾經在一九九二年除夕夜痛失愛人，之後一年，他每天都到這家酒吧悼念亡人。如果時間可以重來，一切都會變得更好嗎？鳳君為我們巧製了一場時空穿梭的謎，紅的藍的蘇豪區燈光與忘情酒吧，一篇帶有魅惑感、悲哀而情深的小說。

這十二篇作品都是班中優秀的習作，我邀請孔惠瑜、曾欣欣、劉樂遙三位同學協助申請香港藝術發展局的出版資助，過程中得到袁兆昌先生提供專業意見，在此一併衷心致謝。其後我們跟藝發局簽約，亦得到鄺可怡教授的幫助，非常感謝。從文章收集到付梓，得到突破出版社出版經理伍詠慈小姐、策劃編輯羅詠恩小姐莫大的幫助與支持，亦邀得潘國靈先生賜序，心存感激。文集內每一位青年作者都有他們的夢想與天地，他們不甘於只苦苦吞讀前人刻鑿的經典，而銳意揮筆繪畫心中的天空。在此恭賀十二位同學，祝願他們早日開闢到一塊屬於自己的文學園地，努力耕耘。

目錄

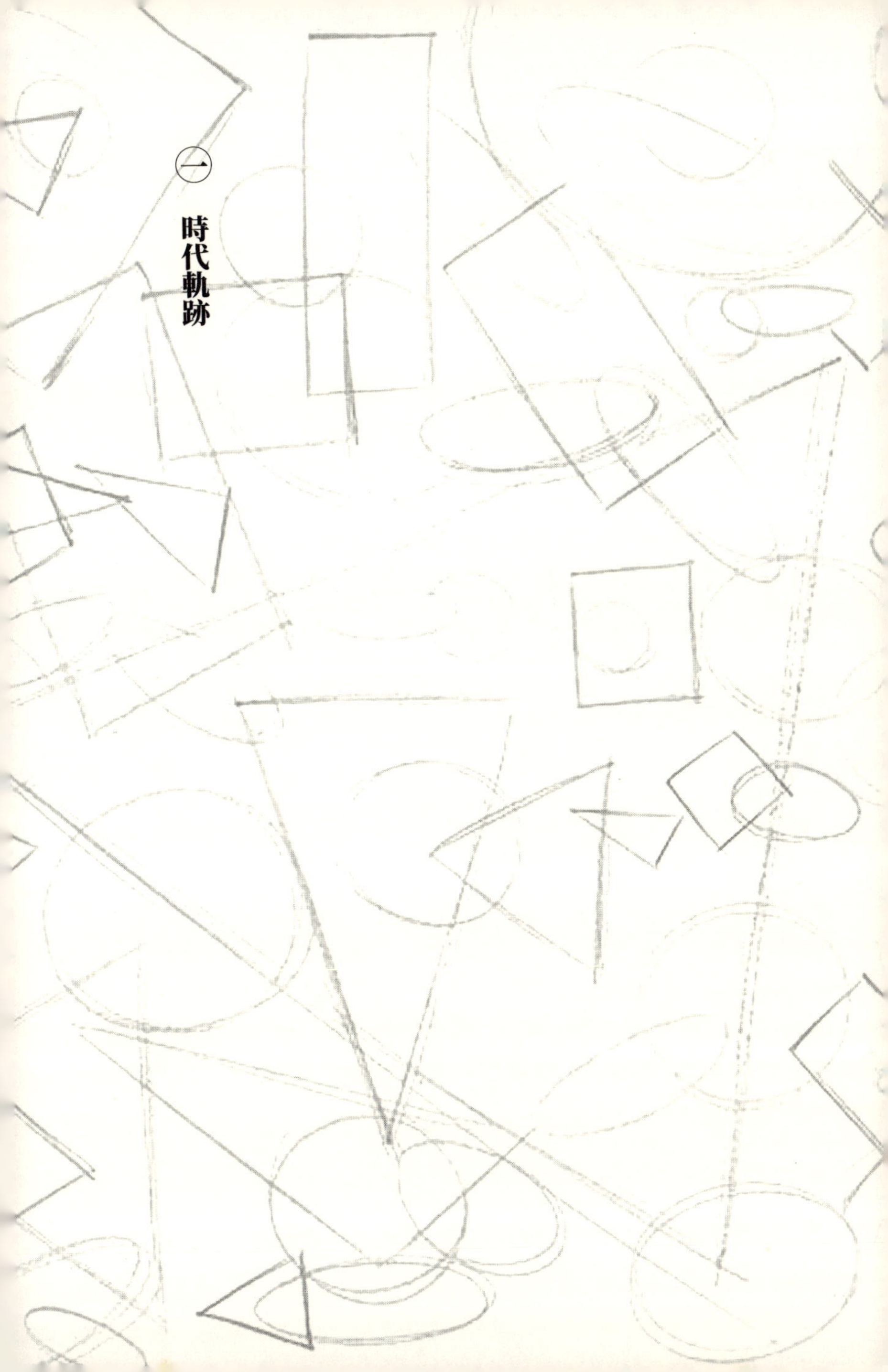

㈠ 時代軌跡

南昌街卅二號

孔惠瑜

南昌街卅二號[1]這個位置還是太尾[2]了點——雖然應該稱作太頭[3]。賣製衣配料的大本營在街的另一頭，中間還隔了荔枝角道，斷了一段，先不說這邊只有自家的店子賣鈕扣，根本沒有什麼人會到這麼尾來。

深水埗說是說製衣業的專區，賣布料有欽州街、成衣批發有長沙灣道、賣珠仔就當然是去珠仔街，說到鈕扣繩索拉鏈花邊，自然是南昌街——但那是南昌街下段，不是南昌街卅二號所在的上段。

可舖位實在是太難找，這區唯一可以租的，也就是這個位置了。可說不定這是好意頭——卅二，寶馬金鞍——一切將會愈來愈好。

在阿梅跟洛煬還在做行街[4]的時候，洛煬經已[5]有做生意的念頭。在同事埋怨薪水微薄物價高昂時，他已經知道自己志不在此——他從沒有打算一輩子當個打工仔，要做，就要做老闆。再加上他以前看相，那盲眼的阿姑[6]說他命裏多士，做五金好！他就總想着有天要開家小五金，賣賣油漆、螺絲、水喉。是的，總有一天，他會做到的，只不過，現在機緣未到，找不到合適的地方投標。

這不打緊，機會多的是。當有同事的親戚在外國種花，在哥倫比亞返了一大批花[7]來香港，洛煬就叫阿梅自個兒到花墟幫忙。他們包了一

1 香港口語，卅即三十。
2 香港口語，粵語拼音：mei¹，意指位置靠後。
3 同上，意指位置靠前。
4 舊時對街頭售貨員的稱呼，正稱為營業代表，現香港口語稱作「Sale 士」。
5 即已經。
6 尊稱有神通的年長女士。
7 返花，意同「返貨」，也就是運入一批貨。

架Van仔[8]，賣了幾個小時，在附近吃了午飯，以為新手大吉——誰知，竟是遇着了走鬼[9]。花賣不完就會浪費，阿梅坐在後座，對司機喊了句：「去紅磡殯儀館」。

又有一回，一個朋友想去賣零食，洛煬和阿梅跟着一起到屋邨投標。那次是暗標[10]，撼標的結局嘛，就是他們排第二——只比第一個投標者少了五十塊。

就這樣過了一兩年，阿梅就轉行到製衣配料門市，做的也是售貨員。「用心做！」不知是洛煬的話起了作用，還是這廿四[11]歲的嚫妹[12]有着用不完的幹勁，用不着一年就摸熟了大致運作模式。阿梅在門市交了位朋友，英文名叫Orange，年紀要比阿梅大上一輪，阿梅喚她作橙姐。橙姐是門市的購貨員，專門跟供應商聯繫，當她聽到阿梅要辭職跟洛煬自立門戶，沒怎麼猶豫，就說：「讓我也一起吧。」

阿梅跟橙姐就在幾天後呈上了辭職信，本是有一個月的緩衝，可即便阿梅是有多能幹，終究還是太年輕了——她竟告訴老闆自己是為了學習才做這工作。第二天，老闆就叫她立刻離開了。而橙姐，倒還可以多工作一個月。

洛煬也接着辭了工，或許是情侶同頻吧，他也是在第二天就被老闆給趕走。阿梅兩人就在橙姐的陪同下，找到了鋪位——地鋪連着一樓的

8 即小貨車。

9 流動小販違法擺賣時，逃避執法人員抓罰而互相招呼走脫的暗號。

10 投標者不知道其他人的投標價。

11 香港口語，廿即二十。

12 香港口語，意指年輕女性。

金城創意

舖位。一個月後，「金城創意」的牌匾就正式掛在南昌街卅二號了。

「為什麼要叫這個名字？」洛煬的阿爸來港探望二人，第一時間就到他們的舖子看看。阿梅聽到他的問題，笑着回答：「就是要人去問。」

的確，還真的有些人為那個特別的名字而進了舖子，也順理成章地買了些貨品。可是，這個地段實在是不太着數[13]，客人不怎麼多。接下來的幾個月，他們就真的循着「創業守業」的路線走了，整天就呆呆地鎮守在舖裏，讓路人除了繞道，都想不到要進來一看。

後來，還是洛父人搭人[14]介紹了一個國內製衣廠的物料員[15]給他們，

13 香港口語，意指佔優勢。
14 香港口語，意指通過人脈去聯絡。
15 是製衣廠裏負責採購物料的崗位。

「金城創意」才由赤城變回了金城。

那家製衣廠要的是貝殼鈕。阿梅他們就分頭行事，一個翻着黃頁，逐家供應商打電話聯絡；另一個就找以前工作認識的人。聯絡了幾家，上門買了板卡，給客人看過後，就直接給現金下訂了。灰殼有存貨，可以按客人要的數量買；鮑魚鈕則沒有，要買夠一百籮，一籮一百四十四粒，客人只要九十籮，餘下的只能留在門市；白殼就要拿去給加工廠染色——可是，有得先要失。這單生意做成了，下一單也做成了，可以賒數了，可以讓客人先付費了，負擔也就沒那麼重——「金城創意」堆着的那些鱗光閃閃的幻彩鮑魚鈕，也慢慢、慢慢地變成街客們身上最耀眼的裝飾了。

這個時候，阿梅已經剪掉她及腰的黑髮了，和洛煬在九月結婚。

「要不，我們就試着做鋼材吧。」

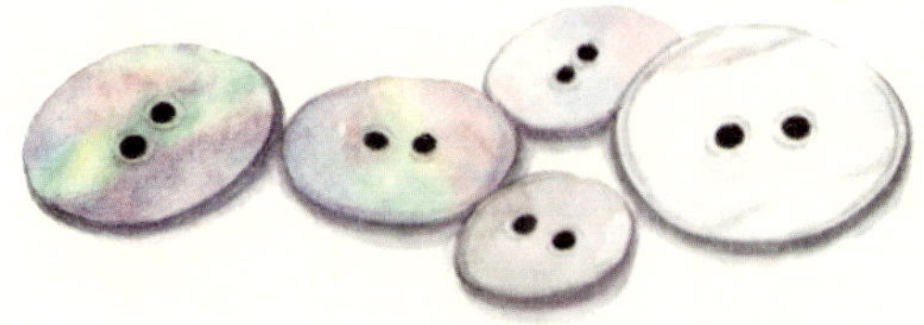

或許是做鈕扣生意為他帶來了信心，洛煬覺得是時候去圓他的五金夢了——即便是由小五金變成了大五金。阿梅沒有反對。

洛父又再為他們找到買家，讓他們去找俄羅斯、蘇聯來的鋼材。他們很順利就找到了供應商，在通知過買家後，買家卻說規格不對，不要。既然規格不對，阿梅就跟供應商說他們不需要了。

在他們還未慨歎完機緣未到時，買家又打電話來，說：「剛才那個規格可以了。」阿梅掛線後就馬上撥了重撥鍵，可供應商的貨就在那短短半小時內售給他人了。

阿梅平靜地說完這個消息，洛煬就大罵起來，先是罵買家，再是罵供應商，在南昌街卅二號的地舖裏來回踱步，大力跺腳。而阿梅，則是來到貨架旁，把街客弄亂的鈕扣再次分類。

後來，又有人來說要鋼材。洛煬把幾份日報鋪在辦公桌上，圈出幾家供應商，讓阿梅去聯絡。「如果你跟我直接做這生意，你就會做不成。我的貨價太高了。」有家供應商這麼說，「我給你另一家的聯絡方式吧。」他們就和這「另一家」談妥了，寄來了成分書。阿梅讀着成分書，發現了第三家供應商的名字——「順昌」——第二家是第三家的批發商。

阿梅和洛煬商量過後，就聯絡了「順昌」想要直接購貨。事情未定下，他們通知了洛父，洛父卻不看好，「怕你畀人呃[16]！」洛煬匆匆道別，就掛斷了線。第二天早上，阿梅撥了通電話給洛父：「老爺，要是你不放心，就來香港跟他一起上『順昌』看看吧。」

「金城貿易」就以「金城創意」為基地，正式成立了。

16 香港口語，意指被人欺騙。

阿梅和洛煬的女兒在第二年年初、農曆年末出生，是個小猴兒。在懷着女兒的時候，阿梅就想，養一個孩子要一百萬，這個孩子說不定是帶着蟠桃來的——結果女兒出生了，阿梅的存款達到了一百萬。第二個女兒，是九四年出生的，阿梅的戶口也比以往多了一百萬。

到懷了第三個女兒，已經是五年後的事了。

無緣無故，竟刮來了做手工風潮，使深水埗區浪濤湧湧，不只把貝殼、水晶、木等等的天然產品捲起，還把南昌街下段的客人都沖到上段來。南昌街卅二號的鈕扣生意就多了起來，旁邊還多了兩家緞帶店。單子來了，洛煬看舖，阿梅也不知哪來的信心，大着肚[17]子，獨自到尖沙嘴取貨。甚至，在回程時，還能讓座給一個懷孕沒她久的女士。

或是因為她活動多，所以人比較纖細；又或是因為她染了頭淺金的卷髮，所以看着比較年輕——她一點也不像有三個孩子的婦女。可她確實有着兩次生育的經驗，讓她馬上發現第三個女兒是個小鬼靈精[18]，不到七個月，就急着要看這個世界了。

那天早上，阿梅就見紅[19]了。她打了電話給婦科診所，姑娘[20]讓她先去醫院。阿梅不覺陣痛，叫洛煬先回南昌街，吃過午飯，把替換衣物與牙膏牙刷執[21]到袋子，這才到家裏附近的法國醫院[22]去。

她待在登記處旁的長凳，想着痛了，再登記也不遲。可她從一點待

17 香港口語，「大肚」意指懷孕。

18 香港俗語，意指活潑好動的孩子。

19 子宮口打開，宮膜開始脫落。

20 香港口語，意指護士。

21 香港口語，意指放或收拾。

22 坊間稱呼，即聖德肋撒醫院。

到六點，卻還是沒有什麼異樣。幫着護士的護工注意她好久了，終是忍不住來問她：「你等人？」

「對啊，」阿梅輕輕地笑，指了指隆起的肚子，「我在等我的孩子。只是她還沒動靜呢。」

阿梅說罷，再打電話給診所的姑娘，就被姑娘喚到診所去。

她以往的接生醫生的診所離家比較近，只是那位李醫生說自己老了，就不接順產，把阿梅介紹給自己的師弟。那位師弟姓陳，診所在油麻地。

陳醫生給阿梅做了檢查，子宮口開三度，就問：「你家近醫院嗎？」

「飛的[23]兩分鐘。」

阿梅離開了診所，就給洛煬打了電話。

「你先回公司，之後我們回家，煲了湯。」

於是，阿梅提着袋子，先是乘巴士回了南昌街卅二號，收舖，再跟洛煬乘巴士回家。從巴士站走回家的路上，阿梅就感覺到那熟悉的痛了。

她還是回了家，想着生完仔[24]就不能洗澡，就讓洛煬先給她盛湯，她去洗頭沖身。

到法國醫院[25]的時候，已經是九點半了。阿梅越過了底層的登記處，直接到了婦產科的登記處，負責的姑娘看到她的模樣，說：「你真的大膽。」阿梅又笑了，爽快地回答：「對。」那段時間，有挺多在街頭生子的新聞。

---

23 香港口語，意指乘搭的士（即計程車）。

24 香港口語，意指生產後。

25 坊間稱呼，亦即聖德肋撒醫院。

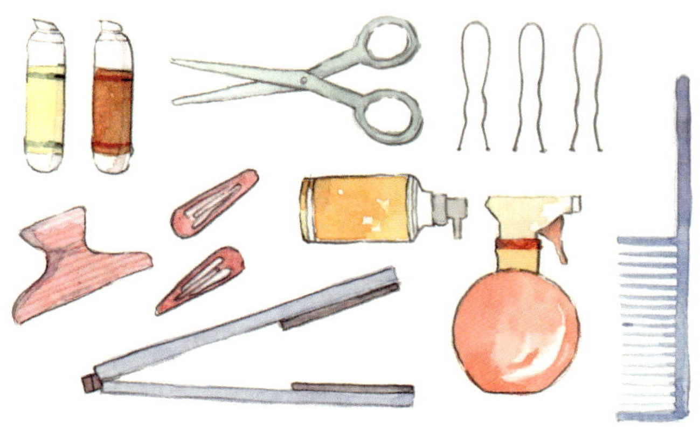

姑娘問着阿梅的情況，什麼時候開始痛，多久會有陣痛，可阿梅已經無法回答了——省下了登記的程序，又略過了候產室，直接被推到產房了。

第三個女兒是年中出生的，萬物是回春了，可鋼材的市場卻是顛倒過來，就像阿梅大女二女玩的「UNO」[26]：先是「Wild Draw Four」[27]，「轉藍色」，再是「Reverse」[28]。這時，國內已經可以直接外國訂貨了。

不久，阿梅與洛煬試着接了一單美髮用品批發，逢騙蝕錢。他們決定以後要自己訂貨，去了一趟國內的美容美髮展，拿了不同供應商的資

26 一種片牌遊戲。
27 UNO 牌中的功能牌，意指轉色罰牌四張。
28 UNO 牌中的功能牌，意指反轉出牌方向。

料與聯絡方式。阿梅取了些小[29]樣板——量少的不用錢，量多才要——自己試用，又給親友試用，試到合適的，就聯絡供應商，傾代理，簽代理，買貨，轉售。大五金批發就轉着轉着，變成了美容美髮代理了。

有次，他們簽了 Nadine Salembier——一個據說比利時王室也使用的法國品牌——的中國代理權，剛取了四十萬貨，Salembier 就到香港來了。她是歐洲美容師協會的主席，以往來港是為了教學與考試——這次卻是想要見見他們。

阿梅和洛煬來到了XX酒店，席上除了 Salembier 女士，還有一位洋人神父。神父是 Salembier 女士的姪子，懂得說廣東話，這趟是作為翻譯出席。

「你們先不要做銷售！」Salembier 女士盯着他們，「要是不先學了我們的美容手法，你們就不要做賣貨了。」美容師只能是女的，而教學的基地則是在比利時。

「好！」洛煬一口答應。阿梅把落在眼前的淺金碎直髮順回了耳後，微微點頭。

阿梅不擅長說普通話，但她更不懂法語，於是聯絡了在國內美容美髮展給他們做翻譯的女孩，Helen。雖然，Helen 只會普通話與法語，可對阿梅來說，已經足夠了。

Salembier 聯絡了香港比利時領事館，為 Helen 解決了簽證問題。那時是夏天，阿梅上了飛機，再落飛機，卻是變成秋天了。

29 香港口語，意指少許。

到埗[30]了，忙完一切事務，阿梅就馬上到電話亭投幣去。和洛煬寒暄了幾句，大女二女就吵着要跟自己說話，問及三女時，她們就異口同聲地說：「媽，她跪在地主[31]面前哭，問你什麼時候回家。」

阿梅回到宿舍，洗完澡，就坐在牀上，靜靜看着電視的黑屏。她很久沒有哭過，對上一次是八年前。她懷着大女，在看九點半的那檔電視劇，到了十點，電視就被洛煬關掉了。洛煬回到房間睡覺，她還坐在沙發上，沒有移動。到了十一點，洛煬到客廳罵她晚睡，要她回房，她這才到洗手間洗了把臉，讓剛才的一切都隨着水流走。

阿梅學習一直很認真。

她看着導師的手勢，聽着 Helen 的翻譯，很快就掌握到 Nadine Salembier 品牌的精要。可她做的不只是這些。上完課，同學們往往馬上離開，只有阿梅一人會留在房間收拾東西。有次，Salembier 發現了這件事，「你會成功。」她是這麼對阿梅說的。

或許是因為代理商的身分吧，阿梅與美容學院的導師關係不錯。導師空閒時會帶阿梅與 Helen 四處觀光，有次來到一座橋，她說：「過了這座橋就是法國了。」她們所在的地方是布魯塞爾，是比利時，要跨越國界，只需一座橋。阿梅想，香港與比利時相隔多少個國家？要跨過多少座橋？

阿梅在一個月後學成回港，開始代理 Nadine Salembier 品牌。阿梅有時要到國內招商，有時也要到分區的代理商處開會、推廣。每趟要一星

---

30 香港口語，意指到達目的地。

31 即土地公。

期，乘着火車，十幾廿小時，到哈爾濱、杭州和合肥。合肥區的代理商大抵沒想過老闆級的人物會來，接見阿梅，就讓她到附近的茶餐廳吃了頓下午茶。到了晚上，發現她的身分，馬上把她領到高級的餐館吃晚飯。第二天，就如常地推廣，如常地看當地美容師培訓，待夠了五天，就如常地呆在火車的軟臥裏，等待回家。

後來，她就改到國內的公司鎮守，從星期一待到星期三，然後再回港湊細路[32]。星期四、星期五是六點起牀，為大女、二女弄早餐，再背着三女送她們上學。回到南昌街卅二號，把三女放在嬰兒牀上，開始整理門市的貨品：把鈕扣分類、把染髮膏排好。午飯時間，阿梅又要背着女兒到一樓的廚房。大女、二女放學，倒是洛煬去接她們回家的。但自從發現洛煬會讓女兒們抄答案時，對功課[33]的任務也落在阿梅身上了。

「我不想再回國內工作了。」阿梅考慮了好幾週，終是定了下來，沒有再到國內去。

阿梅瘦了，比年輕時減肥還要瘦。生完三女時二十四吋的腰身，現在竟然是二十三吋半。她以前一直不相信瘦就是不健康，可隨着小病愈多，失眠嚴重，她知道是時候要去調理身體了。

她在深水埗尋得兩家中醫，終是選擇了北河街的那家。

那家醫師是位老中醫。阿梅進門時，他在為病人拔火罐。阿梅注意到，老中醫抬頭看了她幾回。到阿梅面診時，他問了句：「你不常發脾氣吧？」

32 香港口語，意指照顧孩童。

33 意指核對作業。

阿梅有些愕然，「嗯。」又不自覺地撥動着前額黑金間雜的劉海。

「不發脾氣是好。但不生脾氣，更好。」

阿梅在吃過七八劑藥後，身體就好起來，對中藥也產生了些興趣。機緣巧合下，認識了一位教手診的陳醫師。和洛煬談過後，他們借出了南昌街卅二號一樓，跟着陳醫師學習了一年手診。學習手診時，要到陳醫師在旺角的店裏實習，阿梅也認識了她後來的好友 Faithe。

那年，陳醫師認識了一位屠醫師，是一位推廣經絡健身體操的人。他把屠醫師介紹給阿梅與洛煬。屠醫師又召了一批人，與洛煬他們合股成立了一家中醫健身公司。手診班早已結束，南昌街卅二號的一樓卻又再次借給新一批人，讓學習健身體操。後來，學習的人愈來愈多，洛煬他們就在星期三休息，把南昌街卅二號的地舖空出來讓他們用。阿梅也是在這個時候染回了黑髮。

「金城創意」還在運作，鈕扣還在賣，但美容品的景氣卻是衰落起來了。阿梅寫了封信，找人翻譯成法語，再交到比利時領事館，讓他們轉交 Salembier 女士。

「Madame，我們很尊敬您，也很愛您與您的品牌。但由於國內批文問題，我們已盡心盡力，卻還是無法維持下去……」阿梅是這麼寫的。

與之相對的，是中醫健身公司的生意。在他們出了健身體操用的器具後，不單錢多了，連成員也多起來了，他們要搬到更大的樓上舖了。

洛煬與阿梅決定專注在中醫健身公司，把價值二十萬的鈕扣送給了一位同行。是黃昏吧，他們看着同行的工人搬運那些貨品，鮑魚鈕在陽光下閃動，再隱入那灰暗的貨車車廂。

在找到合適的樓上舖前，「金城創意」的牌匾仍在陽光之下。但是，這再也不是南昌街卅二號的故事了。

此文榮獲「第七屆全球華文青年文學獎」短篇小說組鼓勵獎，
鳴謝全球華文青年文學獎授權出版。

昌成大押

曾欣欣

押大成昌
成昌
押

一・昌成大押的一個雨夜

今日進門的五個人都是避雨的，一對母子，一個中學生，兩個不知是印傭還是菲傭姐姐。他們的動作是類似的，往往閃縮在屏風前，左右張望，未敢回望櫃台，便匆匆離開了。

櫃檯對上的光管抽搐着明滅的頻率大約是每小時六下。

地下被避雨的人踩出的黑色水跡像一隻蝙蝠，但不像門口牌匾上的蝙蝠。

其實牌匾上的圖形也不像蝙蝠，倒像倒吊的晴天娃娃。

雨勢漸大，像一道簾攏在招牌上，吳遠行雖坐在櫃台後的高凳上，不過前邊有「遮醜板」擋住視線，他還是得靠閉路電視看外面的情況。風刮的角度刁鑽，雨水撲向鏡頭，把外頭街燈散碎的光屈折幾重。原本招牌的位置也只剩下那一圈 LED 燈透得出黃黃綠綠的一團光，「昌成」和「押」三字是半點看不見的，吳遠行看着，越發覺得那像晴天娃娃多於蝙蝠。他的奇思妙想總像畫面中一把把的雨傘，不定時地張開。翻了翻空白的記帳本，他忽然覺得當舖是應當用晴天娃娃當吉祥物的，每逢下雨天，自家當舖的生意都會大打折扣，父親也唯有這種時候才允許他獨自守店。

不過，像這樣的買賣，該來的生意其實終究會來的，早一點晚一點，本也無礙。吳遠行很快又覺得自己那樣想對不住在舖子守了幾十年的小蝙蝠，罷了罷了，人人都道「早起的鳥兒有蟲吃」，這蝙蝠晝伏夜出，到底也不見牠餓死，自家當舖保得自己衣食無虞，已然足夠了。「蝠、福，有福氣已然是好事，不過做生意的老忘不了錢，底下還得添上一個滿圓，整取個『蝠鼠吊金錢』、『洪福齊天』的寓意才滿意，於是間間當舖都用相類的圖形作招牌……」不熟悉當舖的人，多覺得這兒佈局可怕，也不喜歡這烏漆漆的、非鳥非獸的動物。熟悉的人呢，又只當蝙蝠是個意頭罷了。然而吳遠行從小聽爺爺說這些掌故，卻只覺得舖子裏任何事物都相當有親切感，畢竟，這小小的空間充滿他和爺爺的回憶……

吳遠行正發着愣，一團黑濁的天空猛然轟起一片雷聲，把他嚇得一激靈，餘光瞄到閉路電視，卻見畫面中竟出現了個穿黑色長裙的女人，她站在門邊，使勁把手中濕漉漉的傘甩了幾下，放在門邊，下一刻便閃過屏風進來了。她仰頭拉下口罩，舉起手上的塑料袋晃了晃，遠行有點驚異地看着她。那人像已習慣了這種目光，開口說：「你好，我要當物。」

吳遠行開始後悔獨自守店，但亦無比慶幸櫃台和客人中間有鋼條隔着，而且自己這兒比那人站的地方高了一層，居高臨下，使他稍稍心安。但饒是如此，他還是不太敢再看向那人，只好將狐疑的目光投向那袋鼓鼓囊囊的塑料袋，暗忖這也太像恐怖片中的場景。雷雨夜、當鋪、黑衣……「男人」，他剛剛還在想眼前這位是否只是比較魁梧的女性，但待他一出口，那低沉的聲音馬上打消了他的懷疑，這個人分明是個男人，卻戴着褐色假髮，穿了一條寬鬆的黑色長裙，雖然沒有化妝，卻有一股淡淡的脂粉味，大約是塗了香水，然而這陣香味非但沒有令遠行平靜，反而讓他生起更多疑惑。

大概是見遠行神色戒備，那人抿着薄唇笑了笑，自己把袋子中的衣物扯出，說：「我來典當女人衣服，怕你們會以為是贓物，所以就這樣穿。」吳遠行沒大理會他的話，只注意到那件大概是一件藍色洋裝，蕾絲花邊還挺多，袋子裏似乎還有假髮。這男人眼下的打扮也許已算十分樸素，他想。

遠行不是沒有聽聞過有些男人有穿女裝的癖好，但在他印象中，他們都是一副娘娘腔的模樣，濃妝豔抹，捏着嗓子尖聲細氣地學女人說話，不倫不類。眼前這位倒是很坦蕩，沒有那些讓人不舒服的做派，好像這樣是很自然的事似的。他捏着那件衣服肩部的位置抖了幾下，把衣服展開來，吳遠行歪着頭，看着層層累累的蕾絲邊、誇張蓬鬆的下襬、繁複的皺摺，虧得他剛考完公開試沒多久，居然記得似乎通識課的影片中提過類似次文化，Cosplay 嗎？好像不是，他很快放棄回憶，比起去想這種娃娃裙的名字，他其實更好奇這條娃娃裙如何套到男人身上。

「這件是日牌，已經絕版了，絕對值錢而且保值，我還未穿過的。」

那男人倒是很快入題：「我可以給你看看交易紀錄……我四千塊入手，現在論壇上已經炒到六千了，只是我還不想賣掉，沒想到現在還有當舖，就想着能先當一點錢也好。」

當舖自然還有，只是早就不讓當衣物了，一來佔地方，二來也沒多少利潤，若這個 Cosplay 男不來贖回裙子，他們也很難轉手處理。遠行知道自己應該直接拒絕，但是他覺得這個雨夜已經夠冷，他不能再沒人情味。當然更重要的是，心裏的好奇一被勾起，便按不下去了：「給我看看。」

吳遠行自小在當舖浸大，雖然正式當「後生」不到月餘，不像經年的「二叔公」們般老練，但基本程序倒也已駕輕就熟。他仔細看了男人電話上的紀錄和單據，又上網搜尋了一下，見男人所言非虛，便問他想要當多少，那人看起來有點猶豫，似乎也沒想到會成事。遠行生怕他說「盡當」，畢竟他也不知這種情況應該當多少，便問他五百夠了嗎？

男人很好說話，點頭答應。遠行開了單子，寫上「破舊裙子一條」，點算出幾張鈔票給了男人，這筆買賣就算做成了。

男人拎了錢，戴上口罩，轉身便走。

「等等！」

遠行知道自己不該打聽客人隱私，但那個身影快要沒入屏風後之際，他還是沒忍住叫住對方。

「你為何要穿……這些衣服？」

「你一個年輕人，怎也在當舖工作。」

男人一貫坦然地回答，沒有回頭，沒有停下步伐，就像遠行只是在提醒他四個農曆月後記得來贖回抵押的衣服。他走到門邊，彎下腰拾起倒在地下的長傘，用很輕的聲音說：

「可能是想暫時變成不一樣的人吧。」

雨勢不知什麼時候已變小了許多，閉路電視中綻開一朵黑色的花，幽幽離開。吳遠行忽然想到他方才太緊張，都未曾留意那人長什麼模樣。

然而他再沒有見過那個人了。

二・吳家的一個早晨

吳正宏感覺自己被包在襁褓中，一晃、一晃的，在黑漆漆的夜晚，到了一家兩層高的店前，一隻蝙蝠啃着一個圓圓的東西，齜牙咧嘴，面露兇光……他的背後是許多人，他們似乎對他很熟悉，卻不知道他手中緊緊攥着一把小刀。

一張紅紙覆在他的頭上，寫着「基根長養，快高長大」。

抱着他的人繞過一塊門板把他塞進豎着鋼條的監牢……

他轉了一圈、兩圈、三圈，果然，很快長大……變老。

當一個新的嬰兒被塞進來，他才終於可以出去。久違的光刺得他有點睜不開眼……

吳正宏是被焦灼的陽光曬醒的，睜眼一看已經九點多了，他定的雖是八點半的鬧鐘，但多半八點三刻左右便醒來了，極少起晚，沒想到今日被噩夢纏繞了這麼久。他掀開被子下牀，嘗試回憶夢裏的事，卻只有懼怕待了幾十年的當舖的模糊印象。這若被人知道，定會笑自己的，他輕哂，搖了搖頭，打給夥計陳叔。平常店裏十點開始營業，他往往會早一點到店裏打點，這個時間坐車過去也要遲了。電話很快便接通了，吳正宏正要告訴他自己會晚點到，卻不想陳叔說他的兒子遠行已經在店裏了，還說父親前一晚睡得晚，今天由他代班。

吳正宏聽罷，心中暗罵一聲「衰仔」，回頭一望鬧鐘，果然定時的指針被撥到六點，怪不得他聽不着鬧鐘聲。阿遠這小子剛中學畢業，考完那什麼「啲唉時醫」，整個暑假便遊手好閒，那時剛好有夥計辭職，吳正宏便叫他暫時代班。鑑定貨物和估價這種工作自然不能交給他這個新手，但他不愧是讀過書的，懂得用電腦記帳，倒有些長處。後來雖有熟人介紹了個人來工作，但阿遠竟像不願走了，一有時間老愛往店裏跑，大有少東家的架勢，還自作主張答應收了朋友的衣服作抵押品，店裏沒處存放，又要帶回家掛起……總之一堆麻煩事。前些日子，為了讓他不在店裏晃蕩，吳正宏還硬逼着他找了份兼職，只是不到兩星期，那小子便嚷着辛苦不願去了。當舖開門一般兩個人就足夠，吳正宏便乾脆把第三張摺凳扔了，好斷了他的心思，沒想到他如今竟長了本事，動手腳把自己擠走。

「你讓阿遠聽電話，這小子越發不把我放在眼裏了，真是的！」吳正宏在電話裏頭氣衝衝的，但陳叔到底是十幾年的老夥計了，聽這語氣便知老東家沒有當真動氣，便笑呵呵地應道：「遠行是個好孩子啊，子承父業，又是一段佳話……」這種話，吳正宏剛接手昌成大押時常常聽到，這陣子也常常聽到，固然他是不樂意聽到這話的，現在不比從前，小孩子可做的事多了，為什麼要被束縛在當舖？然而不知怎的，這回兒他卻突然覺得異常不安。他努力回憶這種感覺從何而來，但終是徒勞。於是心不在焉地囑咐了幾句，便掛掉電話。

香港寸金尺土，吳家也大不到哪裏去，但家裏只剩了自己，吳正宏忽地覺得空蕩蕩的，不甚自在，便想着要出門。他回到房間，從櫃子拿出衣服換，然而看到衣服旁的一個木盒子，心裏又是一陣感傷，算起來，這個家裏，妻子是最早離開的。

物會長在，人卻往往先行一步。

吳正宏感喟過後，決定縱容自己這個早晨的感性，他打開木盒，把妻子生前留下的這些木雕作品取出，到廚房拿了一塊布，濕上水，擰乾，細細擦拭木雕上的薄塵。這個工作他本來是留到後天做的，木雕需要保養，但也不可太過，老是沾水會損害它們的。

吳正宏從來都是家裏的一大支柱，妻子走後，他不但要照看兒子，還得幫扶父親，顧着家裏的產業，勤勤勉勉了一輩子，不曾休歇，現在父親不在了，兒子也長大成人，愈來愈有自己的想法，他一個個靜靜地擦着木雕，忽然覺得自己也像塊木，但不是美輪美奐的雕塑，而是層層疊遊戲中的積木，以前他見過兒子和姐姐家的外甥女們做遊戲，他們把長方型形的積木三個一排地疊起來，輪流把積木戳掉，然後再疊上去，直到積木塔倒塌。幾歲的孩子大概都不曉得承重之類的概念，只會用手指頭挨個小心翼翼地試探着輕推，不容易推得動的便先放棄，尋找下一個目標，幾輪以後，積木塔已經空了許多位置，剩下的積木只消一碰，整個塔便搖搖欲墜。然而有時把心一橫發力推出牢固的積木，卻也不會有預期中「嘩啦」的積木倒塌聲。積木塔可能會歪了一點，也可能不會。

不知道從什麼時候開始這條積木變成可以被抽出的。

最好一開始就不要做方方正正、泯然眾人的木頭。吳正宏想，這些木頭就算不被抽出，最後不也是隨眾傾塌？木雕就不會這樣——噢，這幾件自己做的可能會，他抹到木箱最底的三四件，它們和妻子的木雕風

格迥異，雕的不是奇卉祥鳥，也不是仙人瑞獸，竟是汽車、飛機等小男孩愛玩的玩具造型，可惜也不甚精緻，像五大三粗的彪形大漢混入了花林粉陣之中，很是礙眼。那些都是妻子還在時，他學着做給阿遠的，只是兒子不甚喜歡，寧可和表姊妹們玩裝扮遊戲，於是這些彪形大漢只能隨妻子的雕塑一併束之深櫃。

也許那人現在會喜歡，他忽發奇想，收好其他木雕，只把一隻汽車造型的揣在兜裏，便出門了。

三・護老院的一個黃昏

吳昌成年輕時是風光過的人，這樣有故事的人，上了年紀，最喜歡閒話當年。才住了這家護老院不到半年，從護理長到掃地阿嬸，便都知道了他年輕時的事蹟。這日黃昏，他見到當值的陳姑娘經過，便急忙叫她到自己房間打掃。陳姑娘剛到這家護老院兩個星期，是吳昌成心中最理想的傾訴對象，他記得上回剛給她講完自己十多歲時在伯父家當舖當學徒的事，便一邊遞了一個橘子給她，一邊開始唸叨昌成大押的風光史：「你曉得嗎？八九十年代我就在銅鑼灣開了『昌成大押』——對、用的是我自己的名字——共有四層，每日至少有三四百個客人上門，夥計十多個，都忙得不行……」每每說起這些事，他混濁的眼珠都是充滿光彩的，全然看不出是患了長期病，故而要住在院裏的老人。陳姑娘趁他不注意，輕輕把橘子放回原位，然後幫着他整理房間，其實這些老人說了什麼，她也沒太注意聽，反正翻來覆去的，都是那幾件事，便只漫不經心地「嗯」、「啊」幾聲便是。

「小心些桌上那些木雕啊，那是我兒媳婦新做給我的。」吳昌成本來只是提點一句，不過說着，便渾忘了自家的大押：「說起來，他們以為我當真返老還童，喜歡這些阿遠都早就不玩的玩意兒嗎？唉，罷了，他們安心便好，兒女工作忙，我也不能添亂……哎，玩物喪志，阿麗也是的，都做母親了，還老愛雕木頭，不過她只是個女人，也就算了，其實阿宏應該勸她上進點的……還是阿遠最懂事，你應該見過他罷……」

吳昌成說話間拿起一個帆船木雕把玩，好一會兒才發現不對：「陳姑娘呢？什麼時候走的？」

「他這回跟你說什麼了?」

陳姑娘一出房門，王姑娘便壞笑着問，她以前被迫做吳昌成的聽眾時覺得厭倦得很，卻很樂意向新的「苦主」打聽。

「不就是他那家當舖和家裏的事……話說，原來他桌子上那七八個木雕都是他兒媳做的，我這兩星期都只見他兒子和孫子來看他，還以為他和兒媳關係不好呢。」

陳姑娘說着說着便發現對面這人一副又驚又疑的模樣，便問道:「怎麼了?」

「那老頭的兒媳早就死了，怎麼還會給他做木雕?」王姑娘想了想，又搖搖頭道:「罷了，你又不是不知他已經有點老人癡呆，他的話你不必太過相信。他是不是還說起自家店有幾層樓高?其實那家當舖在我家附近，只是很小的一個地下舖罷了。」

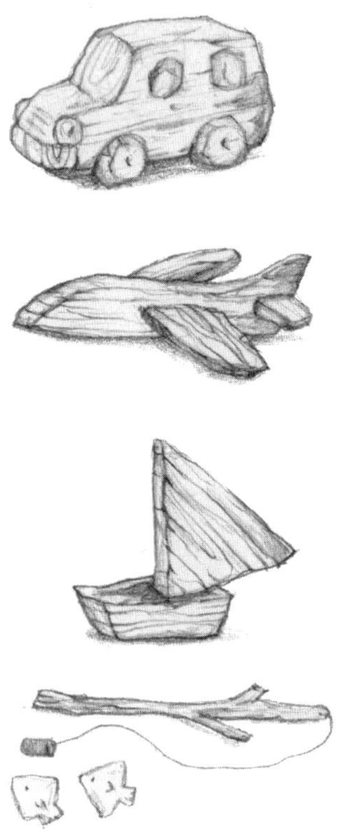

四・吳家的一個深夜

吳遠行是三月份生日的，可是直到今天，他才真正有自己已經成人、要面對自己的人生的感覺。放榜的成績遠超他的預期，人人都勸他選擇醫護或法律等專業學科，但這一切對他來說都太突然。吳遠行是吳正宏的兒子，更是吳昌成的孫子，以前他理所當然覺得自己往後的人生必然是守着昌成大押的，從沒想過自己有機會當什麼醫生律師，但他十分明白讀這些專業學科意味着什麼，可是，若然他讀了這些科目，大約往後便跟大押無緣了。

吳遠行自己是誰？想做什麼？他回到家，躺在牀上，只覺十分迷茫。父親以前不太樂意他接觸當舖，他以為他也會力勸自己選擇那些「神科」，然而這次父親倒很大度，任他自由選擇，這下他更沒了方向。他編輯了許多訊息，但多半還沒發出去便自己刪了，這個時候，大概沒有哪個朋友願意聽自己說這些煩惱。

他想得入神，直到被一聲雷鳴嚇了一跳，這才發現外面似乎已經下了很久的雨。他看看鐘，父親大概已經睡了，於是下牀到窗邊收衣服。

那個雨天來的黑裙男子不知會否斷當，吳遠行忽然想起他，以及他的話，心裏冒出了一個自己都覺得荒謬至極的念頭。

不、不行！那是客人抵押的物品，未過當期絕不可以動。

但他還是走到了衣櫃前。

為什麼要這樣做？根本不可能得到什麼啟發！

他還是打開了衣櫃門，愕然。

那條極佔地方的蘿莉塔裙不見了，他拉開下面的抽屜，沒有；翻了翻疊起來的衣物，也沒有。

吳遠行心裏冒出了一個比方才更荒謬的念頭。

他輕輕推開房門，看見父親房間的房門地下透着光。他輕輕、輕輕地按下門把，推開房門，於是在這個雨夜吳遠行看到生平所未見的詭異場景，他的父親拿着一把雕刻刀，極專注的執着一塊原木細細雕鑿，那塊原木已有了船的雛形。而他身上，穿的正是那條被典當的裙子。

一曲寄心聲

莊瑩

二次大戰以後，江浙一帶的資本家南移，把資金與先進的技術一併帶到香港，建立紡織廠。六十年代，香港經濟逐漸步入工業化。觀塘、荃灣、大角咀、新蒲崗及黃竹坑等地發展為工業區，生產出大量工業製品。紗廠以外有塑膠廠，塑膠廠旁邊是玩具廠，玩具廠旁邊又有電子廠，一個又一個工廠，就這樣從平地崛起……

工廠密集，工人密集。

工廠關閉，工人散去。

八十年代末，生產線北移，機器陸續搬走。工廠的煙囪不再冒煙，不再排洩廢氣，不再烏煙瘴氣。只在混凝土地面上留下一攤積水，水中映出破爛的玻璃嵌板，窗框結着蜘蛛網，塵埃散漫。鋼架空空如也，四壁無物，唯有角落放置着一台手提式原子粒收音機。

某一天，這台被遺忘的收音機發出了聲響：

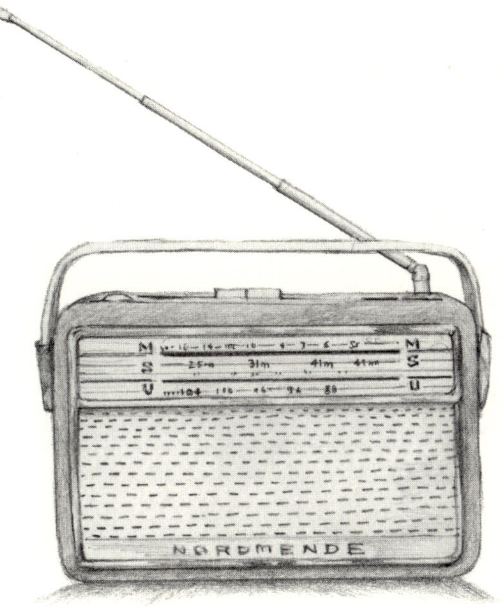
NORDMENDE

「only you...

can make the darkness bright...」

「歡迎大家收聽《一曲寄心聲》。歷史是沉靜的深淵，等待一段被喚醒的記憶。然而我們腳步匆匆，往往來不及回頭。往事如風，吹散而失，又擦肩而過，路過，再錯過。挽不回的風，夢不回的夢。如果能為過去點唱一曲，哪一首是你的故事？這裏有一封送往六十年代的點唱信，來自陳招娣小姐……」

家和萬事興

一枝竹仔會易折彎　幾枝竹一扎斷折難

——《家和萬事興》

我是陳招娣，我想點一首歌給王招娣。

那年十三歲，你第一次來到新蒲崗的製衣廠。你站在門口，看着許多女孩來來往往。她們與你一樣，剪了一頭短髮，髮尾外翹，及至後頸處，勾到耳後，露出雙耳，看起來精神爽利。你上身穿着碎花短布衣，下身穿着黑色長褲，提着三層式搪瓷飯壺，兼握着一條純棉白手絹。廠裏的大門打開，你隨着人羣進入，手心不停冒汗，反復檢查口袋裏的身分證。

法例規定工廠只能僱用十四歲以上的童工，母親替你向鄰居借了一張兒童證，上面沒有照片，只有姓氏和出生日期。王姐姐四九年出生，你從十三歲的陳招娣變成十五歲的王招娣，你不斷提醒自己姓王，不是姓陳。幸好廠長沒有多問，很快給你安排了一個崗位，找一個阿姐帶着你，開始學剪線頭。

剪線頭的工具並非平時勞作常用的剪刀，它沒有握柄指環，像一隻鐵製的大蟹鉗。旁邊的女工接過一件又一件恤衫，找出線頭，一剪，線就斷落。你也學着她們，右手的拇指和食指尖按在刀片末端，把線頭放在刀片的開合之處，兩塊刀片合上，又彈開，線斷了。你發現這確實比剪刀省力，像車站裏的人為乘客剪票，像郵局裏的人為郵票蓋章，很簡單，一下一下，輕鬆利落。一下一下，就能剪出斗零、一毫、兩毫……

你正沉醉在第一次剪線頭的快樂裏，突然有人大喊了一聲「走鬼」，與你同齡的女工變得慌亂起來，她們拉着你一起跑，跑到廁所裏頭。這些女工年齡都不足十四歲，所以每次勞工處派人巡查，大家都要立刻躲起來。你躲在廁坑邊上，覺得有點臭，不知道要躲到什麼時候，不知道會不會被發現。也許廁所也不太安全，你跟着其他人悄悄竄到後樓梯，

跑到街上。

你明明沒有偷吃大米，卻像一隻老鼠般四處奔逃。

你蹲在街頭，有點迷茫。從今以後，你不再握筆，只需握着一把線剪。只有線剪可以很快剪出錢，然後把落入口袋的硬幣帶回家，填補家中貧瘠的空洞。

其實你想握筆，但你不敢說。

先前父親患上肺病，突然逝去，家裏像有一個無形的屋頂猛地塌下來。當時就讀中一的大姐毅然輟學，隨母親到工廠工作。父親去世那天，母親靠着圓形的小餐桌坐下，乾澀的眼睛佈滿血絲，乾裂的嘴唇不斷顫動，卻說不出一句話。大姐抿緊嘴唇，沒有流過一滴淚，只抱着二姐和你，還有小弟。

你記得她跟你們說，爸爸不在了，四姐弟要同心協力，撐起這個家。父親經常教你們團結努力，唯有如此，風吹雨打都打不散。後來，二姐小學畢業後也立刻到外找工作，賺錢養家成為你們最重要的任務。

你小學畢業的時候，被派到一所區內的中學，但你告訴母親，你考試不及格，沒有派到學位，然後順理成章到工廠上班。其實你知道無論如何都沒有機會上中學，鄰居經常談到女孩讀書無用，供書教學十多年，最終都是潑出去的水。你覺得母親也是這樣想，女兒工作補貼家用，讓弟弟讀書出人頭地，才是實際。

家裏只有一張兩尺半的碌架牀，母親，小弟和大姐睡牀，你和二姐睡地板。你摺起小學會考的成績表，把它推進牀底的間隙，一直沒有人發現。

畢業那天，你回家後，把一小塊肥皂切碎，倒入空的杯子，加水攪拌。你覺得以後要像大人一樣工作，就不能再玩小孩子的玩意了。你想再吹一次泡泡，你走到門口，拿起吸管，沾一沾肥皂水，吐氣一吹，一個個透明的小球徐徐升起。它們如琉璃，如水晶，七彩流轉……

小弟看見了，興奮地把它們戳破，美麗的幻象瞬間從他的指尖消失。你捏一捏他的臉蛋，學着大姐的口氣教訓他：「你要生性啦，知不知道？三個家姐都在供你讀書，媽媽也很辛苦，養大我們不容易。」

母親很辛苦，每天在工廠加班以後，背着一大袋膠花回家，先給你們做晚飯，然後哄小弟睡覺。深夜十一時，她的頭微微前傾，搖搖欲墜，卻還是撐起眼皮，靠到火水燈前，用鐵線串起片片膠花瓣。她從早到晚，不曾停歇一刻，父親離世後，她更是身心交瘁，時常心神恍惚。

那時香港水荒，政府制水，每四天才供水四小時，住在樓上的人每天都叫樓下關水喉。以前是父親排隊取水，取水就像上戰場。水源不足，輪候時間過長，便你爭我搶，吵架毆鬥。曾經有婦女為了爭水，隨手拿起裝水的鐵桶攻擊對方，打得頭破血流，告上法庭。後來換成母親取水，她拿着兩個大膠桶，安安分分地排隊，但也許是不適應這份「新工作」，有好幾次都忘記要取水。

某一天晚上回家，你們發現藍色的膠桶裏沒有水，紅色的膠桶只剩一小盆水，應該是前一天剩下的。母親過於忙碌，忘記取水了。你們面面相覷，家裏一片寂靜。你找出紅A牌的小花灑廣告，似模似樣地讀出用一加侖水洗澡的步驟。當你拿着澆水器，打算像澆花一般淋濕全身時，全家都笑了。

吃不飽飯談什麼讀書？成績又不能換飯票。那時候，你認為到工廠打工是唯一的出路。剪線頭，剪出頭。母親開心，姐姐弟弟都開心。只要一家人和和氣氣，團結一心，就好了。

工廠妹萬歲

工廠妹萬歲　嗨　工廠妹萬歲
工廠內邊　多多叻女
嗨　靠雙手自立　最啃賺Money

——《工廠妹萬歲》

我是陳招娣，我想點一首歌給工廠公主。

進入工廠一段時間，你漸漸熟悉製衣的工序，剪過線頭，拉過褲腳，然後學習「車衣」。

你第一次學習「車衣袖」時，看到長桌上，黑色鐵製的縫紉機排成一列。你在一個「車位」坐下，線筒軸上已插好白色的線筒，你扭動手輪，以提起機針和壓腳，將線穿過小小的針孔。你輕輕把線往後放，拿來一塊碎布，放到針板，再把線拉到布面上，轉動手輪，使針扎進布料，再放下壓腳。接着兩隻手按着布面，踩動踏板，不斷把布料推前。

一踏，一針，一踩，一推。

你也學過「車雙針」，像是「車袋口」，把布料折疊，放到針板上，兩隻手按着布面，踩動踏板，不斷把布料推前。

一踏，兩針，一踩，一推。

又像是「車拉鏈」，把拉鏈疊在布料上，踩動踏板，不斷把布料推前。

一踏，兩針，一踩，一推。

SINGER

中午十二點的鐘聲響起，機器停下，布料停下，你的雙手停下。你提着早上帶來的飯壺離開「車位」，找一張木桌坐下。然後推下飯壺旁的直條，打開蓋子，拿出三個飯格，白菜仔一格，肉餅一格，白飯一格，已經涼了，都是前一天的剩菜。

二十分鐘後，鐘聲又響起，你匆匆忙忙收拾好，又回到車間。牛角扇慢慢轉動，吹開蓋上的塵垢，吹出悶熱的風。你用手帕按按額上的汗珠，又繼續工作。

一踏，一針，一踩，一推。

有一次，你的肚子陣陣作痛，彷彿有一把小石錘在敲打肚皮，又像腸道裏插進了一條長長的螺絲釘，沿着紐紋不停轉動。你感覺小腿發麻，向主管申請去洗手間，然後等待其他工人接替你的位置，你才離開。上完洗手間後，情況依然沒有好轉，你的腳步變得虛浮，額頭還冒着冷汗。你回到車位，用左手前臂壓着腹部，手指抓緊衣邊。衣服都弄皺了，肚子卻愈來愈疼。

你不敢要求再多去一次洗手間，你擔心妨礙其他人的工作，你擔心主管對你皺眉頭，你擔心離開座位後會更辛苦，只能強忍不適。你開始有些暈眩，眼神飄忽不定，動作愈來愈緩慢，身旁的女工發現異樣，勸告你回家休息。你緊抿蒼白的嘴唇，虛弱地搖搖頭。

絕對不可以請假。

請假一天，你會失去一天的薪水，失去津貼，失去勤工獎，失去年尾的獎金。這樣的擔憂支撐着你，迫使你依靠僅有的一絲力量，繼續工作。

一踏，一針，一踩，一推。

你從來不敢請假，每天上班，風雨無阻。

六七年，工廠附近的大有街確實刮起了一場大風雨。五月的時候，紅A塑膠廠後面的膠花廠有工人罷工，在廠外示威。你看見許多綠衣警察包圍工廠，他們戴着「豬嘴面具」，一手提着長槍，一手拿着圓藤牌，場面緊張，你心裏也忽上忽下，彷彿下一秒就會響起槍聲。後來聽說那羣工人向警察投擲玻璃瓶和石頭，還有人把鐵摺椅扔向人羣。

那段時間政府實施戒嚴，小弟留在家中，你與大姐和二姐一下班便趕緊回家。你突然發現香港變成一個滿佈地雷的戰場，到處埋伏着土製菠蘿，每天都從報紙看到傷亡的消息：北角的小姐弟被炸彈炸死，《欲罷不能》的主持被燃燒彈燒死……

你回工廠的路上，每走一步都提心吊膽，擔心下一步就會踩到菠蘿。可是你必須堅持上班，宵禁期間工廠不加班，工資已經少了許多。

大姐十九歲時，鄰居財叔想為她介紹對象，對方是三姑的兒子，在寫字樓任職文員。母親認為女孩總該有個家，不能一輩子守着弟弟妹妹，於是讓大姐與那位男士見一面。可是大姐一笑置之，她說工廠妹配不上白領，那是癩蛤蟆想吃天鵝肉。若一起走在街上，男的西裝革履，繫着領帶，女的穿着發黃的舊衣衫，只會惹人笑話。無論母親如何勸說，大姐都堅持不去。

你不明白，大姐為何輕看自己?為何覺得低人一等?工廠妹依靠自己的雙手賺錢，工廠都是依靠無數雙手的努力才能運行，你們每天編織別人的衣裳，也應當有權利編織個人的幸福。朋友都認為廠裏的衣車修理工是「工廠王子」，他們為人老實，工作穩定，薪酬較高，是最佳丈夫人選。她們又說你是「工廠公主」，因為你是廠裏學習最快和最勤奮的女孩，還笑言王子公主相匹配。你不以為然，你覺得那些修理工髒話連篇，舉止粗俗，與其嫁給「王子」還不如自己當「公主」，自食其力，問心無愧。

莫負青春

青春　真可愛青春　珍惜你光陰似金
青春　真可愛青春　應心向書本

——《莫負青春》

我是陳招娣，我想點一首歌給 April。

工廠裏的女孩下班以後，喜歡到舞廳跳舞，但你只會直接回家，她們口中的「茶舞」或「龍舞」，你都不太了解。她們也喜歡在假日組織郊外燒烤活動，你要照顧小弟，很少參與。倒是她們翻閱以前收藏的雜誌時，你會湊近多看兩眼，你知道《長城畫報》上的夏夢氣質優雅，《國際電影》上的樂蒂造型時髦，許多女孩都按照她的髮型燙髮。

你唯一的愛好大概是收聽電台節目，工廠允許你們在上班時間打開收音機。你喜歡聽天空小說，像是蕭湘講述的《苦戀》，男主角樂業本有戀人，卻因父命難違，要娶郭天香為妻，而郭天香為了幫助戀人屈必成出國留學，無奈答應婚事。故事你只聽了一半，你當時覺得這是一齣苦情劇，相愛的人要分開，不愛的人卻被迫相守。愛情如此複雜，愛人不如愛自己。

工廠的其他女工曾邀請你去看戲，她們分成兩派，一派是芳迷，一派是珠迷，常有爭執，非要比較誰的偶像更厲害。那次，你去彩虹道的麗宮戲院看《青春玫瑰》，她們買了工餘場的後座票。寶珠姐飾演的角色也是車衣女工，她與其他女工不同，特別積極上進，每晚工作過後都到夜校學習，自我增值。

想起來，自從小學畢業後，你再也沒有讀過書。

你記得之前廠長時常領着一羣客人來工廠參觀，其中有西人也有香港人。他們全程用英文溝通，你一句也聽不明白，但你的眼光總忍不住追隨他們。有一位女士應該是秘書，身穿襯衣與及膝半身裙，看起來聰明伶俐，大方得體。相比之下，你的生活太平凡，跳舞沒意思，野餐沒意思，看戲沒意思，每天在車間反復做着同樣的工作。你想，然後呢？

以後會不會也像其他女工一樣，結婚生子，繼續車衣賺錢？

你回到家裏，拿起一本《通勝》，想試學英文，你說：「挨厭廷京阿乎事粗地營英忌利樹……」小弟笑了起來，抱着肚子在地上打滾。你突然覺得自己非學英文不可，或許重新上學後，你也能轉為文職，在寫字樓工作。你每天三、四塊錢的薪水都交給母親，而剩下的加班費一直有積存下來，可以用作學費。母親說只要不影響生計，允許你讀夜校。

於是你到九龍城的易通英專報名，每天晚上從七點開始上課，到九點下課。你六點一下班，便急忙跑回家，倉促吃過晚飯後，再到彩虹道坐九號巴士，在太子道西下車。如果時間太趕，你會在附近吃一碗豬油撈麪或者嗱喳麪，一碗麪一毫子，若非太餓，你也捨不得花錢。

上課時，你打開牛津出版的英文書，老師唸一句，你唸一句。遇到不認識的生字，你就自己查字典。你還為自己取了一個英文名字April，四月是春日和煦和大地重生的日子，你期待春天到來，開出燦爛的生命之花。

老師每天都佈置功課，晚上回到家，你只能借着火水燈的微光，趴在地板上寫字。如果時間太晚，便躲在洗手間裏複習。有時候需要默書，來不及溫習，你唯有把內容抄寫在紙條上，車衣期間偷偷看兩眼。阿姐或是覺得你不專心，檢查衣衫的時候，總挑你的毛病。事實上，你沒有出差錯，明明是別人的問題，也賴到你身上。你不敢作聲，因為阿姐權力很大，如果下次安排你做比較複雜的工序，或者把大尺寸的衣服都分配給你，你會做不完，你只能沉默地做好本分，再也不敢分心溫習。

自從重新投入學業後，你覺得時間過得很快，每天跑上跑下，在巴士站排長龍，上巴士，下巴士，一天就過去了。可是你忽然覺得自己的

crosswords going handful
questions
backwards
lovely
forwards stuff

青春有了生命力，除了車衣，除了照顧小弟，你可以讀書。你翻動着書頁，你覺得自己身後長了翅膀，好像你將要找到那片屬於自己的天空，可以飛了。

不了情

忘不了，忘不了，
忘不了春已盡，忘不了花已老，
忘不了離別的滋味，
也忘不了那相思的苦惱。

——《不了情》

我是陳招娣，我想點一首歌給吳美麗。

牆身堆砌着綠白相間的馬賽克方磚，地面是一塊塊拼花瓷磚，一張圓桌，兩張木椅，那是你們第一次相遇的地方。

那時小弟不停咳嗽，興許有點上火，你帶他去涼茶舖。你看見一個人身穿白色恤衫，鼻樑上架着一副黑框眼鏡，低着頭，把涼茶倒進碗中。你請他給你一碗夏枯草，他從葫蘆狀的大銅壺後探出頭來，回應了一聲。

小弟看見碗中墨黑色的水，半口未進就連聲叫苦，你想哄哄他，他卻開始大叫大嚷。那個人走過來，摸摸小弟的頭說：「男子漢大丈夫不能怕苦哦！」然後送給小弟一顆嘉應子。當時他轉過頭來，向你微微一笑，你臉上忽然發熱。離開店舖以後，餘溫仍未散卻。

你連續好幾天都帶着小弟來喝涼茶。那人一見你便道：「又帶細佬來啊？」然後又問：「敢問小姐芳名？」你說你名叫吳美麗，他知道這是假話，一再追問，你硬是不告訴他，你喜歡看他好氣又好笑，卻又無可奈何的樣子。

後來，你不需要再去涼茶舖，但你好像仍能每天看見他。你在工廠「車衣」，看着眼前的針一跳一跳。蕭湘在講《苦戀》，你聽不清。你回想着他對你說過的話，不超過十句，但每一句話，你都一想再想。彷彿他的聲音就在你耳邊。那時工廠要做一批白色襯衫，你又想起他，他的頭髮，他的眉毛，他的眼睛，他的笑容。你用心地縫合每一條線，你想，他以後穿的恤衫會不會是你手中的這一件？

世界上有那麼多人，偏偏是他突然出現，撞入你的眼簾，沒有再見面，卻藏在心裏。

上夜校之前，你忍不住去看看他，你假裝路過涼茶舖，但他發現了你。你硬着頭皮走過去，請他給你一杯蔗汁。你給他五毫子，他表示沒有零錢找換，讓你稍等。可是你要上課，再不離開便趕不上巴士，他說你下課後，他可以到巴士站等候你。

晚上放學後，你在彩虹道下車，一個戴着眼鏡的人向你揮手。

他來了。

你以為他隨口一說，沒想到他真的出現在你眼前。他把四個一毫子放到你的手心，又約你看戲以示歉意。你說你要到工廠上班，抽不出時間，轉身離開。

從彩虹道走進大有街，經過五芳街，經過六合街，經過八達街，轉進爵祿街。

漆黑的夜晚，唯有昏黃的街燈照着石板路。你默默向前走，看着路上的影子。你的影子後面還有一個高大的影子，影子與影子的手似是交疊在一起。你臉上又開始發熱，你沒有發現自己的嘴角悄悄揚了起來。

回到家裏，母親又提起為大姐安排相親的事，對象是隔壁蓮姐六姨婆的兒子。往常你不會說話，你覺得大姐的事，要大姐自己決定。這次你卻無緣無故加入勸說的一員，你突然希望大姐儘快嫁人，因為只有大姐出嫁了，才輪到弟弟妹妹談婚論嫁。你開始想像結婚以後，他繼續賣涼茶，你繼續車衣，或者你們一起轉職到寫字樓。可能你們會生小孩，如果是男孩，就叫茅根，如果是女孩，就叫竹蔗……

你最後還是答應他，相約假日的時候去看戲。見面的前一天，你在櫥窗外看見一個用珠子串成的髮箍。你想像自己在鏡子前打扮整齊，戴上髮箍，然後走到他面前。可是你又想起母親說不能隨便花錢，大姐要嫁人，小弟要讀書，你不能買這些無用之物。況且工廠的女工若是看見你的髮箍，必會笑話你頭上戴花是十月芥菜。

然而，那一天，你沒有去看戲。小弟突然發燒，你要帶他去看病，然後留在家裏照顧他。小弟在牀上睡着，你拿來一盆冷水，把毛巾浸濕，擰乾以後，疊一疊，放到小弟的額頭上。毛巾變熱以後，你再拿開，放到冷水裏。你一邊擰着毛巾，一邊看着牆上的掛鐘。你想，你總不能告訴母親你約了一個男孩見面。以前母親從工友那裏聽說二姐跟一個男生在路上牽着手，二姐被教訓了很久，好像牽了手就會懷孕似的。

外面下起了雨，淅淅瀝瀝，你焦急地往窗外看。你擔心他還站在戲院門外，還在等着你。天空愈來愈暗了，你又替小弟換了一條毛巾，然後到廚房幫忙洗菜。其他的，不能說，不能做。

第二天晚上，你在夜校下課，他在巴士站等你。他沒有怪你，一直跟在你的背後。你轉過頭去看着他，他向你微笑。

「我現在不可以拍拖。」

「我等你。」

「如果我一世都不拍拖呢？」

「那我就等你一生一世。」

一週以後，兩週以後，他每天晚上都在巴士站等待你，送你一朵白玫瑰。他說那是一朵不褪色的玫瑰，像你們的感情一樣。他的影子緊緊跟隨你的影子，甚至籠罩着你的影子，一前一後，你曾以為這是一條天長地久的路。

突然有一天，他的笑容不見了。那天，你下車以後，發現他緊鎖眉頭，腳步猶豫不決。他兩手緊握，右手的拇指壓在左手的虎口處，幾次想張口與你說話，卻只是歎氣。終於他吞吞吐吐地告知你，他的父親為他訂下婚約，迫使他娶銀行經理的女兒，他沒有辦法反抗父親的命令。

那一刻，你的心像一顆石頭，無聲地拋進海裏，一個無底洞，一直往下墜。

那一刻，你轉身離開，石板路上拖着你一個人的影子，而你眼裏流下的水，沾濕了破裂的石頭。

過了好幾天，你從工廠下班後，母親帶你去大排檔。一張圓形的小摺桌坐了五個人，一個男生坐在你旁邊，他也穿着白襯衫，也戴着眼鏡，但你不認識他。他不是他。母親說，他是財叔表兄弟的兒子。母親問他各種問題，他都一一回應，而你一直沉默，只是埋頭吃麪。他以為你顧着吃麪是因為喜歡雲吞，就把碗裏的雲吞都夾給你，他說他會照顧你。母親和他的父母都笑得合不攏嘴。你慢慢咀嚼嘴裏的蝦仁，不知道為什麼，有點苦。

你想，也許你應該到涼茶舖看他最後一眼，道別之後就徹底分開。可是你再也找不到那個穿着白色恤衫的身影，他的叔父說，他與未婚妻出國留學了。你想到花店買一支不褪色的玫瑰，但你找不到。他不知道，玫瑰盛開卻註定枯萎，白色的花瓣會變黃，變成淡褐色，變成傷心的顏色，最後化為灰燼。

一切像是沒有發生過一樣，無論花開花落，皆與你無關了。你繼續在縫紉機前踩着踏板，繼續在巴士上背誦單詞，繼續照顧小弟。在巴士站下車後，可能有另一個人出現，牽起你的手，陪你去吃一碗粗麪，陪你走完你要走的路，而你彷彿忘記了什麼，又彷彿忘不了。

「有些路，走過許多次，也會忘記。有些人，以為很熟悉，卻突然消失。有些離別，原來是不說再見的。有些相遇，竟然毫無預兆。有些事情，一碗麪，就決定了。是不是有許多人與事悄悄在你的生命路過？你和他或許不期而遇，你和他或許有緣無分，如果你想起遠方的他，卻沒有勇氣開口，不妨以一曲寄心聲……」

收音機的聲音逐漸消散，工廠一片空蕩蕩，沒有人來過。誰想起了這裏的故事，誰的故事有誰聽？牆面斑駁，外皮剝落，水泥開裂。發展，起飛，興盛，衰落，一針一線，一動一響，早已隱沒在混凝土之中。

出埃及記

李嘉偉

二十年前的某個夏天，面朝深水港的方向，我和大伯正在喝當地人煮的黑茶。「別光顧着喝茶，留個眼色，她隨時會出現。」大伯用下巴指着街對面，「就那棟樓，傍晚她總要下來。」

大伯搖晃着渾濁玻璃製的小茶杯，在亞歷山大港，人人都用這種劣質的手工製品喝茶。窄窄的杯口，男人粗壯的大拇指就能遮住。

當然我是指一般的男人。譬如右手端着茶杯，左手用銀質的，鑄着古埃及永生紋路的小茶匙往茶杯裏放茶粉和糖的男人。

大伯不在此列。他只有一隻手。另一隻，切割巨大螯蟹的時候，一不留神，就從小臂處切斷了。如果那只手還在，大伯應該還在家鄉的館子裏，安安穩穩地做行政總廚。

黃昏。每棟房子都在散發着熱氣。這一代的富庶居民，屋子的頂柱石都是從燈塔上拆出來的。堅固的大理石，從幾百公里之外的阿斯旺運過來，建成龐大的燈塔，時間久了，每個人都從燈塔的廢墟上分一杯羹。這是埃及人的慣例。一個衰敗的古老文明，只留給他們的子孫一些遙遠地方的石頭。

從一棟考究卻低矮的黃色小樓裏，一個身着長袍的女人緩緩踱出來。夕陽照在她淺色的紗巾上，我看見暗處大伯的喉結微微打顫。女人只露着眼睛。渾身罩在夕陽裏，朝我們走過來。

大伯站起身，遞給女人一杯茶。女人接過去轉過頭喝茶。還回來的時候，茶只下了淺淺一層。我瞥見女人的眼睛很深，帶着月牙彎朝大伯點了點頭。然後離開。

大伯坐下。「她要去圖書館那邊的女禮拜堂做昏禮。這是他們穆斯林一天中的第四次禱告。」

「我看不見她的臉。」

「她很好看。」

「那你把她娶回家不行嗎？」

「不全為了這個。」

「爺爺挺希望你能回去的。他年紀也大了。」

「我都知道。」

大伯確實什麼都知道。他來埃及之後，很少寫信回家，我們寄給他的信，也時常被退還。但他確實什麼都知道。

更準確地說，應該是他的左手什麼都知道。

被切割機切掉左手之後，大伯在昏迷裏被送進醫院。切割機鋒利，迅速做完截肢手術，小臂傷口平滑如鏡。全身麻醉持續一宿，第二天醒來，大伯說他一晚上都夢到自己在螃蟹堆裏爬。螃蟹都從呼吸腮處被切開，邊緣光滑，拖着半個身子，蟹黃往外面灑。

大家這才想起，那隻斷掉的手還泡在洗螃蟹的水槽裏。

我被派去廚房，討要大伯的左手。二廚在螃蟹堆裏掏了半天，握住大伯的手，提出小半截小臂，用清水洗乾淨，放進密封袋裏，遞給我。他說泡了一夜，血都泡淨了。

我把左手給大伯，大伯端詳許久，說竟然看起來，比長在身上的時候還要白。經年累月在後廚裏，指甲縫藏污納垢，也被一晚上的浸泡清理乾淨。大伯把斷手交給醫生。

當晚大伯一直冷得打寒戰。醒來說，夢到周圍全是鬼魂，乾燥、陰冷。大伯說自己斷掉的小臂冰涼冰涼的，好像後廚冰櫃裏凍了一個月的鱒魚。

醫生說可能是因為神經剛剛斷開，仍然保持着沒有斷開的幻覺。

大伯說他確實覺得自己的左手還存在。不是還連接在小臂上的那種幻覺般的存在，而是存在於另一個空間。那個空間應該是陰冷的，乾燥的。像一間低溫灌裝豬肉腸的冷藏室。

我們拿回左手。它在停屍房的小格子裏躺了一夜。醫生提醒我們，常溫下大概兩三天就要開始變質、腐臭，非常建議我們火化它。

大伯思前想後。決定去埃及。一來他不想火葬，停屍房的那夜他被凍得夠嗆；他不想再被燒傷一次。二來他是個廚子，左手是他吃飯的傢伙，陪了他這麼多年，總是值得厚葬的。他想起埃及的木乃伊，法老保留着靈魂，等待着下一世的蘇醒。他要去埃及，把自己的左手也做成木乃伊。

經過簡單的處理，從北方到廣州，南海，馬六甲海峽，從孟加拉灣穿過保克海峽，經過漫長的阿拉伯海，從亞丁灣駛入紅海，在蘇伊士運河的轟鳴聲中醒來，已經是三個月之後。三個月裏，左手浸泡在防腐試劑中，大伯說每天夢裏他都在溺死的邊緣掙扎。他之後住在亞歷山大這樣的良港，卻從來沒有下海遊過泳。

亞歷山大沒有人製作木乃伊。從古埃及到現在，從來都沒有。一直往南，經過盧克索的時候，當地人神神秘秘帶遊客去看自己家裏私藏的木乃伊。一個黝黑皮膚的老人，用手在自己白色的頭巾上搭出兩層空中樓閣，意思是這個至今沒有腐朽的木乃伊，是他爺爺的爺爺盜墓獲得的。

大伯指了指左手，指了指木乃伊。老人把他帶到一個更老的老人那裏。他不是穆斯林，穿着異教的袍子，袖口繡着象徵着太陽神的金輪。

老人對乾淨的手掌很滿意，沒有看大伯一眼。

大伯和他的左手回到家。他說醒着的時候一直暈船，晚上做夢還是夢見自己暈船。他把左手安頓在書桌上，乾淨、溫暖。

他回到工作的廚房。發現已經來了新的總廚。經理說你少了一隻手，怎麼看，當廚子都不合適。大伯辯解道手還在，要拉經理去看看。經理受驚到見鬼。

整個山東的廚房，都不願意收留一位只有一隻手的廚子。晚餐時間，大伯為全家人沉默地烹調，來顯示自己雖然只有一隻手，完全不耽誤做菜。

一隻手切菜，一隻手剝魚皮，一隻手顛勺，一隻手下調料、嘗味道。

最後一道菜上桌的時候，第一道菜已經涼透了。

這個世界以肉眼可見的速度離開大伯。我也坐在人羣中，眼睜睜看着他像一組遠景，駛離生活。

媽媽在大伯回來的第二個週正式掌管了家裏的廚房。她用比大伯快兩倍的速度上菜，深得爺爺喜歡。公司也給大伯在飲食文化研究所安排了一份閒職，要他在落滿灰塵的舊紙堆裏聞出幾道失傳了幾百年的傳統菜餚。這些都還沒有把大伯推開太遠。他仍然能感受到自己的左手，感受到自己的一部分漂泊在外，而沒人相信。大家對那隻木乃伊左手充滿了好奇，又不敢摸，只在餐桌上開大伯的玩笑，問他的左手，覺不覺得夜色有點涼了。大伯說確實有點涼了，家人們就笑起來；大伯說不知道，家人們就一副「你果然不知道」的神情。

大伯一隻手收拾包裹，收拾了一夜。清晨離開，留下一封信。第二封信，在四個月後從開羅寄回家，信紙上印着金字塔和駱駝，還有一股阿拉伯世界的異香，仔細聞聞帶着一點酸澀味。

那時候中東戰爭剛打完不久。一個斷了手的中國人走在開羅街頭，不會因為斷手被注意，而是因為異國的面容而被注意。這讓大伯舒心許多。開羅人沒怎麼見過外國人，也不太會說英語，拉着大伯，叫他「my friend」，請他喝黑茶。開羅人喜歡加一匙半的糖，大伯只要半匙。開羅人問他的手去了哪。大伯說中文，開羅人雖然一句中文都聽不懂，但是似乎都可以明白，大伯仍能夠感受到自己的手。就像他們古老的異教神，被撕裂成碎片，仍然可以互相感知，並憑藉木乃伊得到修復。

大伯向北，去到亞歷山大港。那是全埃及最繁華的港口，方便收到在中國的家人們的信。

大伯做過一段時間搬運工，在碼頭上，和當地人學會用脖子頂着大袋的棉花或者麪粉。白天汗流浹背，晚上睡得很好。他不會說阿拉伯語，英語也只會可憐的一點。別人問他，他就說「China」，意思是China來的。漸漸整個碼頭的人都叫他「China」，好像不是他是「中國」的一部分，而是「中國」成了他的一部分。幾乎與此同時，爺爺開始想念大伯。爺爺每天都去看望大伯的左手，就好像那才是大伯，左手不再是大伯的一部分，大伯好像是那隻左手漂泊在外的一部分。

生活那麼容易變得像生活，即使在一個全新的地方，變得像家，也不是一件難事。比如有間屋子，比如出門的時候，鄰居打招呼。如果養一條狗或者一隻貓就更像了。夢裏不知身是客，可是發夢的人才是最明白身是客的人。一切都好。但總有什麼不對的地方。

直到一天劏開塞納葉的時候，大伯才意識到，這裏的刀不對。進而意識到，之所以每天要沖服半片塞納葉，還是吃的東西不太對，需要服用這種緩解便秘的阿拉伯草藥。亞歷山大買到的刀，鋁刀、鐵刀、銀刀，都細長，帶一點弧度，不像中國廚房裏大開大合四四方方的不鏽鋼刀那麼順手。

大伯主動寫的第一封信，希望家裏人幫忙寄一些刀，如果方便，也寄一些必要的調味料。爺爺托飯店的經理買了最好的菜刀，開過刃，抹好油，封進皮子的保護套裏，十幾把刀碼在一起，連同八角、大料、香葉、桂皮、茴香籽、小煙殼子等等常用的料全都寄了回去。

亞歷山大第一間中餐館開在深水港旁邊。搬運工都知道以前那個叫「China」的搬運工，改行做好吃的中餐了。用一隻手。

大伯也開始帶徒弟，埃及人學得慢，徒弟兩隻手還沒有他一隻手快。雖然徒弟們的手藝算不上正宗，但他們畢竟是亞歷山大港第一批懂得菜和肉可以炒在一起的本地人。

好幾年過去，大伯還是不會阿拉伯語。他習慣了不說話，並且發現，他的徒弟們完全可以理解他。只要他們都在用心地傾聽，用心地觀看。

直到我來看他的時候，他說話很慢，我必須用很大的耐心，才能聽完他的一句話。

大伯在他的餐廳遇見拉。那時候他已經開到第四間中餐館，並且很少親自做菜了。拉繞過畫滿梅花的中式屏風，淺色袍子和露出的臉都顯示她來自於一個開明的家庭。大伯和客人們——拉的家人們一一握手，走在最後的拉，像個調皮的孩子那樣，東張西望，看着餐廳裏新奇的中國結和仙鶴圖。拉走過來握手，主動握住了大伯斷掉的手臂。大伯在那一刻竟然再也感覺不到自己的左手，他感覺到一個溫暖的女人，正像一隻母鹿望着水面那樣望着他。

大伯把家搬到拉一家的街對面。他樓上是卡瓦菲斯的故居，他的屋子在很久的一段時間，正如卡瓦菲斯詩裏描述的那樣，是一間妓院。現在雖然荒敗了，依然沒有人願意買下來。大伯買下來，請許許多多虔信的人來幫他禮拜《古蘭經》113 章和 114 章的驅逐邪魔的經文。

大伯每天都像那天那樣等着。他先知道了拉的名字，多麼簡單的音節，撬動一小下舌尖，適合極了沉默的他。他慢慢知道拉的年齡，拉的教派，拉喜歡黑茶加兩匙糖。他知道拉的父親是港口的官員，拉的母親去世了。他每天都知道關於拉更多的一點點。

拉也每天多知道大伯的一點點。她為大伯擔憂，她看到大伯每天下午那杯黑茶裏的愛意，也擔憂沒有信仰的他，終於會受到懲罰。她搞明白了大伯的左手去了哪。她說就像我們都是真主的孩子那樣，我們是漂泊在外的部分，信仰他，感知他，我們總有回家的一天。

大伯再也沒有理由，觸碰一個穆斯林女人的手。那個溫暖的境遇，像是一個永遠回不去的家，也像一個把手藏在心裏的夢境。更多時候，拉只露出眼睛，喝茶甚至背過身去。夏天偶爾露出腳趾。拉拿圖冊給大伯看，這個世界是真主創造的。拉希望大伯相信如此。大伯一邊點頭，一邊用中文問，為什麼不是盤古開天地呢，或者女媧造人，或者猴子變的？

面朝深水港的方向。棕櫚樹頂端的葉子最先暗了下來。接下來是拉一家的屋子，然後是大伯的頭頂，直到我的腳踝。我捏了捏大伯的斷臂。大伯說，他的左手現在正被一陣風吹得有些癢。我再一次請求大伯回家。

大伯問我真的相信他能感受到自己斷掉的左手嗎？

我說信。他讓我誠實回答。

我說不好說。

大伯說家裏就是這樣的。大家都說中文，卻互相聽不懂。我斷了手，在個個眼裏，都是怪物，都是外地人。這裏。卡瓦菲斯的樓下，只有我一個人說中文，只有這一片小小的「China」，但我算不上外地人。誰都能明白，我還能感覺到我的手，就像我能感覺到我的心跳一樣簡單。

我離開亞歷山大。帶回了大伯不願意回家，並且大概要娶一個埃及老婆的消息。

爺爺開始日復一日學習關於伊斯蘭教的知識。並在某日向全家宣佈，大伯沒可能娶到穆斯林老婆。因為大伯如何也不會轉信伊斯蘭教。

時間就這樣過去。一個偶爾傳信的親人，變成一個偶爾打電話的親人。大伯在當地相當富裕，依然不會說阿拉伯語。我們這些親戚，去埃及旅遊，大伯也會幫忙接待。大家每次都會問需不需要幫大伯把左手帶過去，大伯都說不用，能感覺到家裏什麼樣，挺好的。

很多年了。我也有了孩子。我的孩子們在書房裏對着家裏的禁忌物扮鬼臉，做遊戲。他們愈長愈高，膽子也愈來愈大，愈來愈不把我們這些長輩的話放在眼裏。他們去和同班同學炫耀，家裏收藏了一隻幾千年前的木乃伊左手。

終於有一天。孩子們拿出了打火機和蠟燭，趁着大人們不在家，把木乃伊左手放在蠟燭上慢慢轉動，慢慢烤。一個渾身裹在袍子裏的孩子破門而入，分開孩子們，拿出那只有點焦黃的木乃伊左手。

不可想像的，大伯回家了。還帶了一個阿拉伯姑娘，十七八歲的樣子。他說他感覺自己的手每天都在顫抖，他察覺危險就要來了，於是趕了回來。爺爺說顫抖是因為大伯也上了年紀，爺爺六十歲的時候也開始手抖。

我問大伯，感到危險可以打電話，為什麼回來了。

大伯說：「這是拉的女兒，她想學中文。」又說：「整個亞歷山大，整個埃及都瘋了，所有埃及人都想學中文。」

亞歷山大是最先開始的，每個人都會說「你好」。大伯煩透了，他就是為了躲避這句「你好」才跑到亞歷山大，現在最後一片清靜之地也沒有了。他和拉道別，他們終於做了二十年親密無間的鄰居，他和拉的父親像兄弟一樣友好。

一直向南，從亞歷山大到阿斯旺，從阿斯旺沿着紅海到最東端的黑色撒哈拉，南下到盧克索，直至開羅。所到之處，每個人都在學中文，每個人都急着把更多的埃及兜售給中國人。

盧克索的那個小村落已經消失了。原址上蓋起了駱駝棚，老人的後人說着熟練的中文，問大伯要不要試試騎駱駝。大伯和少年提起那個肅穆的老人，穿着袖口帶有金輪刺繡的老人。少年說他們祖父的祖父曾經穿過那樣異教的裝束，並且被懲罰以木乃伊的姿態永恆的陷入睡眠。大伯和少年說起自己的左手。說起他們祖輩神奇的木乃伊製造術。

「這麼多年過去，我仍能感受到我的左手，即使它遠在中國。」

牽着駱駝的少年不置可否。他只關心大伯是否要騎駱駝，不關心他的左手在哪裏。

大伯失落地返回了亞歷山大。他發現二十年間，在這個國度裏，最後一個會製作木乃伊的老人已經死去。而這些年輕人，和中國人一樣，並不相信他和他左手的感應。亞歷山大港也重新復甦，隨着蘇伊士運河的重新開鑿，更多的棉花、更多的礦產、更多的糖，在這個港口吞吐。那些老搬運工們，在某一天像他們黑色脊背上的汗珠那樣，突然就蒸發了。年輕的搬運工人不再稱呼他為「China」，而是恭敬地詢問他的名字。

港口日夜不停。朝向深水港的方向，每日的五次朝拜，都有大喇叭集合工人一起面向聖城跪伏。這些年輕的工人很努力，但依然很窮，他們只能吃得起主要是麪粉、米飯和豆子的埃及本地餐。大伯的中餐館，愈來愈多的中國遊客、愈來愈多的旅行團來吃飯。

起初，他還照舊站在門口接待，與客人握手。客人詢問，就一五一十講起自己左手的故事。客人中竟然有人帶頭鼓掌，說這是個「傳奇」。「傳奇」的意思就是說，他們不僅不相信，還輕浮地以為這個故事的編纂費盡了心機。大伯第一次覺得不被理解，終於因為人們的輕浮，變成了冒犯。

導遊們喜歡在餐桌上講解埃及，以便節約出大家遊覽的時間。他們不講大燈塔，不講卡瓦菲斯，不講亞歷山大皇帝，也不講亞歷山大港複雜的人口構成。他們最喜歡講古埃及的避孕措施，或者埃及豔后被什麼蛇咬死的。那些流利的中文，比那些埃及孩子生硬的中文還讓人反胃。

大伯看着拉終於嫁給一個教內的青年。他衷心祝福他們。他們的孩子，在獲得美麗的名字之後，見到的第一個非親屬就是大伯。孩子的小手摸在大伯的斷臂上，大伯感受到一片初生的好奇，像是一條魚第一次從深海底游上來，隔着淺水看見了太陽。

拉的孩子漸漸長大。她和母親學習阿拉伯語，和大伯學習了漢語。她終於問起大伯的左手。大伯一五一十的講起來，像一個精心準備的故事。大伯說沒關係，會帶給你看的，就像漂泊在外的世代，總有終結的一天。

現在所有人都在場了。穿越蘇伊士運河的轟鳴，沿着紅海駛過亞丁灣，經過漫長的阿拉伯海，穿過保克海峽和孟加拉灣，馬六甲海峽，南海，從廣州到北方。大伯和拉的女兒以及他從未信任過他的家人站在一隻邊緣捲曲的木乃伊左手旁邊。

拉的女兒小心翼翼地展開裹了無數層的細紗巾，這種紗巾輕薄細膩得像是用撒哈拉沙漠裏的沙子織成的。一邊展開，一邊向空氣中散發着異香。拉的女兒從異香中捧出一隻潔白的手，手指微微彎曲，沿着清晰的經脈，在小臂處像一段懸崖那樣斷開。

肉眼可見的，這白皙的左手，在空氣裏，鬆弛下去，皺紋像爬山虎那樣彌漫，逐漸變成沙子，融化成細沙巾裏的一片肉色。

「這感覺像死亡也像活着，世界正在變得一模一樣。」

拉的女兒挽住大伯的斷臂，大伯閉上眼睛。亞歷山大港的舊貨船正無奈地卸下最後一批貨，那些新的搬運工人，年輕且貧窮。

坡裏的那些事兒

李綺雯

冬月就把年豬殺，（柳呀柳蓮柳啊），
臘月三十把年過，（荷花一朵蓮海棠花），
初一吃的湯圓粑，（柳呀柳蓮柳啊），
全家老幼喜洋洋，（荷花一朵蓮海棠花）[1]

媽媽牽着我的手，一邊唱着幾年來我都聽不懂歌詞的小調，一邊攀山涉水地來到眼前這素未謀面的祖屋跟前。母親說這是她從小生長的地方，在這佈滿蜘蛛絲，飄着濃濃灰塵的破舊土房子裏，載滿着她的青蔥歲月。在母親的注視下，我停止了用指甲不斷撓着被蚊蟲叮咬的紅腫，移開了用大石塊鑿成的壩子[2]，步上長滿青苔的台階，踏上用大石塊鑿成的田坝[3]。我用指尖輕輕地推開了本應被木栓鎖住的大門，撇過頭，生怕吸進屋內的灰塵和帶着些許霉臭味的空氣。這屋子該是多久沒人住了，別說凹凸不平的黃泥地板上留下多少不明生物攀爬的痕跡，就連高板凳、收音機、木桌子等都裹上了一層厚厚的灰塵，用手指輕輕一黏，便露出物件原本的色澤。我站也不是，坐也不是，望着如此破落的地方，完全不明白為何母親要帶着她連坐三天的長途客運來到這連人影都看不見的窮鄉僻壤。

「這個地方是我的根，是媽媽永遠也無法抹掉的記憶。以前這裏所

---

1 打蓮槍——柳蓮柳。打蓮槍是貴州山村一種用蓮槍為道具的集體舞蹈，原本是老弱婦孺挨家挨戶討飯錢的行乞方式，後來漸漸成為了逢年過節的集體喜慶舞蹈。打蓮槍除了用蓮槍兩頭不斷拍打身體的手臂、肩、背、小腿、腳等多個部位，還得在舞蹈期間吟唱郎朗上口的小調，唱到雙句的時候，除了主領者之外，所有人都得合唱「柳呀柳蓮柳啊」和「荷花一朵蓮海棠花」兩句。貴州不同的山區會有不同的打法和唱法，但都萬變不離其宗。

2 農村房子前的一塊大空地，在夏天時期用來大量曬玉米、稻草等農作物的地方。

3 走廊。

住人不多，整個山頭只有六戶人家，可充滿了不少歡聲笑語，爭執吵鬧……」媽媽指了指門外不遠處長滿野草的地方，說那曾是外婆家養魚的池塘，旁邊光禿禿，有着零星綠葉的土地都是他們曾經拚命捍衛的領土，是他們珍而重之的寶藏。可是，我始終無法在這荒蕪的景色中聯想到一絲生氣，更遑論是感受媽媽心中緩緩燃燒的火焰。她隨手拿起了一個扁扁長長的木板凳，拉着我坐在了廣闊的田壩上，望着被夕陽暈染成橙紅漸層的天際，述說坡裏一段段看似甚遠卻又很近的事兒。

「穆幺妹[4]吶，二狗子跟你阿母[5]在河淡淡安頭[6]吵起來咯，你還不去看下發生啥子[7]事。」都說一條村一條心，我怎麼就沒在那混賬身上看見一點值得與之為伍的地方？佔着自己是村裏為數不多的男人，整天就知道欺負老弱婦孺，毫無禮義廉恥可言。我急忙抄起擱在壩上的鐮刀，帶着怒火，連蹦帶跑地衝向河流的東邊。遠處傳來愈漸響亮的爭執聲，洪亮的聲線中混雜聲嘶力竭的怒火及平時難以啟齒的言語。一到河岸上方的紅薯地，只見原本五五分界的分割石塊硬是被挪成六四局面。原本沿着界線栽滿的一大片紅薯苗也被連根拔起，換成了一堆堆新的種子。

「狗娘養的，一次次搶人家呢土你好意思不？心腸歹毒的人種些莊稼都有毒，最好毒死求你般狗日的。」

「你才是狗雜種日的，你哪隻雞眼睛看見了我移了石界，不要亂鳥

4　貴州方言：家中排行最小的女兒。
5　貴州方言：母親的尊稱。
6　貴州方言：挨着河附近的田土那裏。
7　貴州方言：什麼。

說[8]。你們穆家沒啥子人得，就不要死守這些土咯，給你也沒人種呀！」

「哪兒不是人？我還沒死，就算死了做鬼都不會放過你！搶我們家的地，你不得好死！」

「你才不得好死，你們家生盡是生些破屁股[9]，撿的呢。[10]穆大叔就是被你這個潑婦剋死呢，你阿些[11]寶貝兒都跑去城頭，不要你咯，活該你沒兒送終，斷子絕孫。」

看着阿母駝着腰，杵着鋤頭，絲毫不顧平日裏的溫婉，硬是撕破喉嚨，忍住淚水死死地抵擋着黑狗子的欺辱。作為家裏的頂梁柱，阿母一個人撐起了一片天，我怎麼能忍心讓她受到欺負、侮辱！聽着二狗子的惡言惡語，我實在是忍不了，拿着家裏帶來的鐮刀就朝他甩去，也不管他是否會善用男人在力量上的優勢衝過來狠狠地揍我幾拳，反正我當下腦子已經氣到遮蓋住了一切理智，只知道不可以讓他欺負我家裏人、不許他一次又一次地搶走我家的土地、不想讓他覺得我們穆家是好欺負的！父親去世了，哥哥們都外出打工掙錢，家裏就只剩我和……這個時候我不護阿母，誰護她？我像是發瘋似地哭吼着，扔了鐮刀，扔石頭，直到用作分界的石頭都被我胡亂丟完，我才喘着氣，稍稍休歇一會兒。

說到這兒，女兒搖了搖我的手。橙紅的天空，漸漸退去色彩，披上了一件閃爍的薄紗。我能在繁星當照的夜色中看見她瞪着小眼睛，用一副不可置信的眼神望着我，似乎無法想像平日行為舉措尚算斯文的母親

8 貴州方言：胡說八道。
9 貴州方言：女生（具有相當嚴重的侮辱性質）。
10 貴州方言：活該。
11 貴州方言：那些。

竟然也會有如此潑辣的一面。我指着四周及遠方，緩緩地說：「別小看這些田土的價值，雖然在現代都市生活中，它們似乎毫無意義，但早在十幾二十年前，這些無人賞識的荒土可都是農民心中的心血，是我們的生命，是值得我們拚盡全力捍衛的珍貴財產。」

對呀，當初拚死拚活捍衛的東西，又或是明着陰着算計的寸土，如今又成了些什麼？國家富裕起來了，開始開發鄉鎮，希望貴州官渡打造成第一個以古鎮為主題的旅遊景點。農民都富起來了？不見得，但至少在政府的號召下，農民們都紛紛放棄了在山上的農地，換取了位居山下的次城鄉單位，慢慢提高了生活水平。菜，不需要自己種了，可以去菜市場買了；柴，不需要砍了，現在都改用天然氣煮飯燒熱水了；路，不再需要攀山涉水地爬泥路回家了，可以穿着白球鞋在石泥地上踏着爽朗的步伐，快速地回家了。一切都在變，變得那麼快，變那麼出其不意。

不知道二狗子現在是怎麼想的？如果他還有着當年的「狼子野心」，現在整個山頭的地全是他的了。

「媽媽，你和外婆後來怎麼了？地搶回來了嗎？」

「地，搶回來了。不過我發現了一件事兒，那就是村裏的人再怎麼樣，吵得再兇，好像也只是嘴上功夫，不會動武。不過，這件事也確實讓二狗子記恨上我們了。都說狗改不了吃屎，他沒辦法在我們身上佔到便宜，便老想着法子整我們，後來不幸給他逮到了一個尾巴，便被他好好地擺了一道。」一切又陷入了回憶，徐風慢慢把我們帶回去幾十年前的那個不平靜的夜。

嫂嫂懷上了二胎了，聽說還懷了個兒子。阿母聞言興奮極了，可是冷靜下來後卻意識到恐懼。國家一直推行這「一孩政策」，打擊非法二胎生育，為了「業績」，近些日子村公辦和計生辦抓得很嚴，要是被逮到了，別說胎兒不保，孕婦的生命也危在旦夕，對於知情不報的懲處更是不言而喻了。可是，腹中的胎兒可是穆氏的血脈呀，我們如何忍得下心把他打掉？為今之計也只有瞞着了，等夠月數了就包車去廬州醫院把孩子生下來。再不然在家裏生也可以，大不了長大之後再去補個出生證明。

如此一來，我們家就在這幾個月裏過着如特務般的生活。為了不讓其他人察覺嫂嫂的異樣，我和阿母都在有意無意之間透露出嫂嫂去城裏找哥哥的消息。為了避免外人因串門而得知嫂嫂懷孕的消息，她白天都只能待在與房子相通的地下豬圈房裏。我家的豬圈房都是最新型的間隔，把豬和化糞池用磚牆分開。嫂嫂待的地方是有着改良的化糞池和新裝修好的儲煤房內，不需要跟臭烘烘的豬羣擠在一起。這「地牢」衛生尚算乾淨和乾爽，除了一點點糞味外和偶爾傳來隔牆豬的叫聲，跟其他的儲物室並無太大分別。在這段特殊期間，嫂嫂白天的活動範圍也就局限在這兒，而我也就自然而然地成為了嫂嫂的跑腿，不時給她找些消磨時間的樂子。更重要的是，我還得時刻留意屋內的情況，避免讓外人發現主臥房前通往豬圈房的第二個入口通道。一步三回頭，快步兩頭望，只要在「地牢」附近，阿母和我都會變得萬分精神，生怕別人尾隨在我們身後，繼而發現嫂嫂的蹤影。

一個月下來，雖然日子過得提心吊膽的，卻也倒是安全。但好景不長，嫂嫂說她這日子老瞧見一個鬼鬼祟祟的身影不斷探頭窺視，嚇得她連忙鎖死所有的窗門。這下子，全家都活在了驚恐之中，不知如何是好。二狗子不知道從哪兒發現的異樣，開始變着法兒地套我和阿母的話。

「穆大娘跟鐵靈閣[12]最近都神經兮兮呢，是在幹啥子見不得人的事情咯。」

「誒，大班高個子[13]都開始重視學習了安[14]，天天呆在房子里不出去耍，真是怪了。看來穆家又要出個大官員咯。」

「還是說，這孤兒寡母的耐不住寂寞，開始藏人了安。」

……

在二狗子有意無意的傳播下，村裏漸漸開始出現了對我和阿母都十分不堪的謠言。一出門，就感受到來自四面八方的灼熱的目光和竊竊私語的評判。一開始我們還會隨口說幾句，到後來也懶得跟他們打交道，除了給農作物澆水施肥外，索性待在房間裏，不大出去逛悠。

在農曆五月趕大廠[15]那天，天氣異常的燥熱，我背着背兜提着幾大捆蔬菜到市集上叫賣，希望可以掙點錢給大腹便便的嫂嫂買些嘎嘎[16]，讓她補補身子。家裏不是沒牲口，可是突然宰殺牲口會惹起眾人的疑惑，我們也不想承擔這風險。山路一如既往的崎嶇，加上前幾天下了雨的關係，泥地都成了漿地，走起來黏稠稠。下山的路不好走，累人，更別提回程路了，所以我家平時沒什麼特別需要買的話，都只會趕大廠。正當我休息了數分鐘打算重新趕路的時候，一大羣衣着相對光鮮亮麗的人闖

12 貴州方言：對吵架很厲害的小女孩的稱呼。

13 貴州方言：長得很高的孩子但讀書成績不咋樣的稱呼。

14 貴州方言：疑問詞。

15 貴州傳統節慶日子：所謂三天一小廠，七天一大廠，趕廠也就是山頭裏面的人都紛紛趕下山到市集買東西的統稱。小廠規模小些，通常深山地區的農民都不大會參加。大廠的話，基本上所有山頭的農民都會趕去市集做買賣，十分熱鬧。

16 貴州方言：肉。

進了我的視線。我們這山頭的人家不多，基本上每個都認識，可眼前這羣人大多是生面孔，要是遠來走訪的親戚又怎麼可能兩手空空，神情嚴肅？我放輕了腳步，悄悄跟在他們身後，看看他們在搞什麼事情。依稀間，我貌似看見村公所的所長和計生辦的黃姑娘，這讓我甚是疑惑。無事不登三寶殿，這幾尊活佛什麼時候肯移玉步來這山溝乘涼玩樂？直到我看見二狗子那諂媚的模樣，深感不妙，急忙拔腿就跑。平生都沒試過如此的驚慌，嚇得眼淚流了一眶又一眶，整個腦都是在想着如何把嫂嫂送出去。

河垻彎彎的陳二娘去年被仇家舉報了懷上二胎，不過幾天就被十幾人抓進了計生辦裏。我都無法想像當年陳二娘聲嘶力竭的哭喊以及近乎死亡的眼神。幾個大男死命地用繩子捆住她的雙手，不讓她掙扎，其他的壯漢就分別攔住陳二叔和陳大爺們，不讓陳家其他人跟上去，硬生生地把身懷六甲的陳二娘拖上了卡車。至今我也無法忘記以往熟悉的小路上被他們硬生生地拖出了條血路，沒人理會孕婦的疼痛，沒人理會家屬的傷悲，在那些嗜血的人裏，孕婦和肚裏的二胎都是他們為官之路的踏板。為了響應國家的生育計劃，他們不惜對手無寸鐵的農民拳打加腳踢，為的就是逮走懷有二胎的婦女，對這些犯法的村民實行「再教育」工作。教育的實際內容無人得知，可陳二娘回來後，陳家陷入了駭人的沉默。他們終日以淚洗面，哭得叫人揪心難過，卻絕口不提那幾晚的事情。除了陳家，沒人知道那幾天發生了什麼事，外人知道的只是，陳二娘回來之後，孩子沒了，身體垮了，躺在牀上一年都沒下過牀。山村裏的人窮呀，身體受傷了也沒錢去大醫院治療，說找村公所和計生辦的人討公道，當官的就說是陳二娘知法犯法，說再來鬧，就把他們全家都關進牢房裏，一輩子都別想着出來。農村人見識不多，當官幾句話吼下來，魂都嚇沒了，什麼苦都只能往肚子裏嚥了。這一年下來，陳家也變天了……

「媽媽媽媽，大舅娘怎麼了，沒事吧？」我抬頭遙望着星空，卻怎也遮掩不住眼角的銀光。我捋了捋鼻子，隨手抹掉臉頰的淚珠。我多想把那段回憶封鎖起來，可是很多事發生了就是發生了，無論你如何掩蓋，也無法消滅它曾經存在的事實。我把文文抱在了懷，摸了摸她的臉，似乎這熟悉的觸感才能稍稍使我放心。

「也就那樣了。家裏沒一個男人，也就一個老人和我這十幾歲的孩子，遇着這事兒也毫無縛雞之力。幸好大舅娘她身體強壯，至少現在也還能像正常人般行走，不像隔壁的陳二娘一樣終生躺在牀上。」我無法忘記當年我和阿母是怎樣跪在計生辦的門前，又是磕頭又是哭喊地哀求他們放過嫂嫂。磕得連額頭出血也不覺得疼痛，膝蓋有黃金什麼全都拋在腦後，反正見人就跪，見人就磕頭。

「真沒想到眼前這了無人煙的荒廢村落竟發生着這些難以想像的事兒。」

是呀，誰會想到呢。當年政府如此「齊心協力」地管制二胎，現在卻鼓吹二孩政策。你說，要是早個十幾二十年，大夥兒是不是就能少受些罪？如果阿母知道這個政策改革，會不會天天抱着嫂嫂痛哭呢。表妹前些日子才跟我報喜，說是盼了好幾年，終於可以名正言順地生個二胎了。她早就按耐不住激動的心情，老是讓我陪她去購置二寶的生活用品。

一股酸澀忽地湧上心頭，所有苦澀都滲透了我的肌膚，我再也無法冷靜下來，抱着孩子就在寒風夜裏抽泣了起來。文文抱着我，學着我平時的動作，輕輕撫我的背。我知道，那麼多年的風雨、屈辱、難過，也都過去了。

「既然以前過得那麼不開心，幹嘛還要來這裏呀？」

「因為這裏是媽媽的根，是我從小長大的地方。儘管酸苦甚郁，日子過得清苦，可這裏卻有着滿滿的回憶。無論現在的生活過得有多麼的富裕，卻難以尋回當年少時簡單純樸的快樂。」眼前乾涸的池塘，是我和哥哥捕魚的好去處。目光所至之處，沒有一個地方沒有當年孩童時期的哭笑惱怒。我們在田野奔跑，穿插在各種綠草如茵的小路。我們在河裏自由暢泳，一邊泡澡，一邊大聲說着別人的壞話。就連田埧上那一堆現在無人問津的竹子，也是以往孩子們歌唱的舞台。雖說現在在這荒蕪的山間難以尋覓當年的活力，但這裏一草一木也能散發出兒時熟悉的味道。

更重要的是，這裏有我和阿母、阿爹一齊生活的痕跡。儘管農地長滿了野草，池塘乾涸了不少，但是這裏的一草一木，以及祖屋內的所有，都是我和父母相處的痕跡。我能在這裏感受熟悉溫暖，感受到久違的幸福。儘管這條村早已人去樓空，雜草叢生，但我的根是扎在這兒的。不管時間如何流逝，這個村落如何被人們遺忘，社會如何變遷，我的心依舊在這兒，不曾離開。

我把外套搭在文文身上，起身，把她抱去祖屋內。我掏出包裏的大毛巾，在後山還沒乾枯的井打了一盆水，簡單地把睡房整理乾淨，就和孩子湊合着睡。

「來，孩子，你還記得媽媽教你的蓮槍嗎？這可是外婆和外公最喜歡聽的調兒了，說是聽起來熱鬧。明天就過大年，我們好好地唱給他們聽好嗎？等你結婚了，就教你的孩子唱，一代傳一代，好讓外公外婆他們在地下也能感受到熟悉的熱鬧。」就這樣，空蕩蕩的房子內傳出了異常響亮的二重唱，徘徊在無盡的山頭上。

正月裏來把龍耍，（柳呀柳蓮柳啊），
二月風箏手中拿，（荷花一朵蓮海棠花），
三月清明把墳掛，（柳呀柳蓮柳啊），
四月秧子滿田插，（荷花一朵蓮海棠花），
五月龍船下河壩，（柳呀柳蓮柳啊），
六月花扇手中拿，（荷花一朵蓮海棠花），
七月農夫把谷打，（柳呀柳蓮柳啊），

八月十五看月華，(荷花一朵蓮海棠花)，
九月裏來是重陽，(柳呀柳蓮柳啊)，
十月裏來小陽春，(荷花一朵蓮海棠花)，
冬月就把年豬殺，(柳呀柳蓮柳啊)，
臘月三十把年過，(荷花一朵蓮海棠花)，
初一吃的湯圓粑，(柳呀柳蓮柳啊)，
全家老幼喜洋洋，(荷花一朵蓮海棠花)。

㈡ 街區味道

不知北角

黃天穎

一九九五年，我剛好十八。正值花樣年華，喜歡新鮮，耀目，繁華。那時家住繼園街的我，看厭了舊樓，老店，總喜歡儲着打保齡找回的零錢，有餘閒便扔進電車的錢箱中，讓它隨英皇道帶我往西走。隨着叮叮聲由沉悶的舊區直至五光十色的風景映入眼簾，幻想將來也會在摩天大廈的辦公室裏當白領，我不知不覺便笑了。

這天傍晚，我還在往銅鑼灣怡和街總站的電車上發呆時，接到母親來電：「妹，又在電車上？」「嗯。」「那就順路了，回來前先替我們買周星馳那套《西遊記》的票！」「哎呀，為什麼你和爸總喜歡到那大得無謂的地方看戲，閒雜人等又多，不怕窒息嗎？」「你懂什麼！在年三十晚買皇都戲院午夜場的票，要看的不是戲，是新年的氣氛！」

年三十，我本約了明珠一起去逛三越，但母親着我陪她到春秧街買團年飯的菜，害我要把計劃推遲。走到那狹窄的街上，倒是人山人海，尤其是貼着「新春酬賓優惠」的海味店門前，擠得水泄不通。明秀大廈大堂前的成復濕貨店由來自閩南的李氏夫婦經營，而我媽也恰巧是福建人，因此她常光顧，順道又可用家鄉話寒暄幾句，特別有親切感，裏面賣的福州魚丸，也數不清落到我肚子裏多少回了。「梅姐！」李嫂的眼光真利，在遠處正向我們招手。「今日女兒來幫忙拿菜？真乖。」母親笑了一笑，並和李嫂研究「荔枝魚」的做法。這菜色在閩南的大節日才會上場，適逢今天團年，母親就決定重做家鄉的味道。

我在旁悶着，又聽到母親說要煮魚，便想過對面的魚檔看看有什麼新鮮的。甫踏出馬路，便給旁邊的一個青年拉着，突然一架電車在我面前駛過，距離只有約一隻手掌。「謝謝你。」眼前的他，身高約六呎，穿着素白的棉衣更顯出其輪廓。亮麗的外形令我不禁春心蕩漾。「這裏雖是

街市，但常有電車經過，記緊留心。」話畢，未及留下芳名，便自個兒走了。我站在原地看着他的身影，直至消失在街角，這輛電車，來得真及時。「發什麼呆！」母親拍我的頭。「我決定以後要多陪你來買菜！」

荔枝魚的紅糟香佈滿了整個飯廳，但父親有點感冒吃少了，令平常只吃半碗飯的我也忍不住添了他的份。吃過晚餐後，我還躺在牀上回味今天的邂逅。至十一時，母親猛力拍門，說父親病倒不便出去，希望我一同去不要浪費戲票。我本來百般不情願，但又想到懂事後再無到過皇都戲院，因此勉強就範。

避開大量人羣後，終於走到皇都戲院的門口。根據童年依稀的記憶，我直走至往包廂的升降機。付得起錢的人買包廂，平民則買最便宜的下層前排座。即使我們能負擔包廂票，今晚卻因太滿場而售罄，因此要坐

DBS

到下層，把頭抬得高高的去看。

電影快要開場，人們魚貫入座，他們手上總少不免拿着一根蔗。朱茵的每個表情逗得觀眾都樂透，在播放至尊寶因咒語錯誤而不停被洞口石頭壓到的一幕時，笑聲貫穿整個會堂。亦在此時，有一塊咬過的蔗從後飛到我的椅子上，我大驚，立刻轉向後方查看，只見一個小孩子，拿着空的盛蔗紙袋，而他身邊坐着的，正是今天下午那青年。他邊安撫小男孩，邊示意不好意思，我以微笑回應，並轉回去。及後戲還做了一小時，但我的靈魂早已飄至九霄之外。燈重新亮起，意味電影也完結了。青年再次叫喚我：「小姐，新年快樂！剛才對不起，我現在沒什麼可賠你的，我叫梁風，若你有餘閒請來華豐國貨找我！必給你優待！」

「世界變了！你這大懶蟲竟然會一大清早起牀，有金子撿嗎？」我無視母親的冷嘲熱諷，匆匆出門了。這天繼園街的斜路，彷彿順水輕舟地送我下山。國貨公司總帶着一陣霉氣，而且店員全都板着如懲教長官的面容，所以除了陪母親選購棉衲外，我都對這地方避之則吉。但今天，我是衝着一個人而來的。不過環視四周，也不見他的身影，反見一個中年店員在酒櫃後躲懶，我直走過去。

「請問梁風在嗎？」

「現在才八點，他要送弟弟上學，當然還未回來！」

「昨晚明珠果然沒猜錯，幸好是弟弟而不是兒子……」

「哎呦，小姐你樣貌娟好卻這樣看人！風是個好男生，邊讀書邊在這裏當兼職賺錢，一個人擔起整個家！傾慕者比收銀處排隊的人還多！

怎麼了，你又要去排嗎？」

我的臉忽然變得很熱，於是走出華豐，到冰室喝了杯紅豆冰打發時間。把最後一口蛋牛治放進口後，我又回去了。他就如漆黑夜空中的星，掛起笑容，彬彬有禮地向顧客推銷各款茅台。我不想打擾，因此在附近胡亂逛逛，也讓他察覺我的存在。

不消一會兒，他果然過來了。「小姐你來了！多次遇見，卻未及留下芳名，如何稱呼？」「我叫洋洋。」「最近天氣寒冷，你要添厚衣嗎？這些茄士咩毛衣都挺保暖的。」我邊跟着他走到服裝部，邊說好。他的熱情令我毫無反抗餘地。當中有一件粉紅色的V領毛衣吸引了我的眼球，我駐足細看，他便悄悄地去拿新的。「哎呀，這件只剩大碼，其他的短時間內不會補貨了，但我知道在旺角的中僑國貨仍有售！你可去看！」「旺角的路我不太熟悉……算了吧！」他沉默了半晌，心中不知在躊躇什麼。

華豐國貨購物指南
1樓
2樓
3樓
誠聘
收銀員、夜更保安員，有意者請與本公司聯絡。電話：2856 0333
EDO

當我正想道別時，他說：「我知道有點唐突，但你今晚有時間嗎？我六時下班，可帶你過海！」

是久違的約會！趁着中午的空檔，我到了明園西街的上海舊式理髮店打扮一番，捲了個曲髮，希望以最佳的狀態跟梁風約會。我看着鏡中的自己，不自覺地甜笑起來。

北角碼頭非常鄰近民居，成為了市民來往九龍的好方法。只是風有點大，在遠處看到他走來，我急忙整理頭髮。梁風換了衣服，由公司制服變成當天那素白的棉衣，感覺簡潔又隨心。「這造型很好看呢！」我的心思被他注意到，很是高興，於是回話說：「你也是！」他尷尬地抓一抓頭髮，說：「我就住在那邊，所以就回家換了！」往紅磡的渡輪二十分鐘一班，在等候的過程中，他帶我繞了北角村一圈，跟我分享了在這裏成長的點滴，那是一種鄰里情懷，是我從未感受過的。

這天晚上，他跟我訴說了許多自身經歷，如制水時期街坊的守望，從鐵閘裏偷窺別人的公仔箱，相比之下，我的生活的確幸福許多，卻又空洞許多。他堅持送我，最後又回到了繼園街的斜路，平日這路走極也不完，這天不知不覺就到達樓下了。他問：「是哪一間？」我指向最右邊。「那露台圓圓的，好特別！」我不解，他續說：「依着山形而建，與社區融為一體，感覺很和諧。可能你家太大了，不察覺這小角落吧，哈哈！」原來，擁有得愈多，愈容易忽略身邊的小美好。比起嚮往中西區的繁華，我更應該留意我所住的北角，這個我從來也沒當作一回事的地方，因為這才是盛載我成長回憶的土地。

九七年回歸，父母基於不穩定的未來而決定舉家移民至加國，通訊並不發達，所以我也與梁風失聯了。及至十年後，因着親戚離世，我終於回到了北角。

歡迎使用八達通
九龍城 KOWLOON CITY
紅磡 HUNG HOM
投幣閘機/成人
COIN TURNSTILE/ADULT
新渡輪
FIRST FERRY
閘閘時間
GATE CLOSING TIME
往九龍城
To Kowloon City
12 : 17
往紅磡
To Hung Hom
12 : 23
新渡輪
FIRST FERRY

那一天的約會細節，無一不深深地刻在我的腦海中，我想再見他。

豈料，來到北角碼頭，背後本來屹立的北角村竟然消失了，變成一個死寂的地盤。親戚告訴我，發展商一直虎視眈眈這塊沿海地皮，因此犧牲了北角村，居民都各散東西了。我又氣憤又無奈，昔日屋村的士多、報紙攤、大排檔全都倒閉，整個社區的感情瓦解了，將變成一棟棟豪宅如屏風般擋住英皇道的視野，這還是我認識的北角嗎？梁風究竟何去何從？但是，我都怪不得別人，從來先放手的都不會留得住。

母親說想重回春秧街，探望成復老闆夫婦，誰知，店舖的舊有位置換成了地產舖，原來成復因租金上漲而早已結業，一切都沒了。我走到街道中間，突然想起這正是與梁風首次邂逅的地方。我一直等着電車經過，期盼着他會再次出現保護我。等了又等，不知不覺，斜陽漸下，電車終於來了，卻什麼事情都沒有發生。我還是等不到回味初見那刻，一

切都完了。

登上電車，陪媽媽回到繼園街，和舊鄰居黃太太吃過這頓晚飯後，便要前往機場。道別之時，她給我們一個深深的擁抱，令我的視線轉向舊居的鐵閘。我好奇走過去，閘上一塵不染。

「黃太，現在有人住嗎？」

「有呀，你們搬走後丟空了一陣子，很冷清，不過在二〇〇〇年這租客搬進來，兩兄弟令這裏又有生氣了。」

屋內一陣吵鬧，門鎖被扭動，大門漸漸打開。黃太見狀道：

「梁先生，要出去嗎？」

這些年來，原來梁風不僅住在我的心，還住進了我的房子，等着不知哪一天，我們會在北角再遇見。

搬屋

曾治

一

香港的房子和鄉下的完全不一樣，初來港的時候媽媽和我都很是不習慣。我出生在廣東與廣西交界的小鎮上，那一幢四層高的房子都是我們家的，伯伯一家住一樓，我們家住二樓，整層二樓都是我們的。我還隱約記得，我們家的牆上有幾幅油畫，睡房裏掛着爸媽的結婚照，那是一間「復古風」的房子，很是舒適。

剛來香港，我們住進了吳松街上爸爸獨居香港的房子，一間長方形的房間，客廳就是飯廳，睡房就是客廳。我很訝異，鄉下的半個睡房都比這裏要大，怎麼住人呢？鐵架子砌成的碌架牀、馬桶旁的煮食灶，連吃飯都要坐在地上的小板凳。幸好，我們住了幾個月就搬走了。

在香港第一次搬屋，是從吳松街到南京街。爸爸拿着螺絲刀，把家裏的碌架牀拆開成幾十塊零件，搬到樓下的手推車上，走過幾個街口，再搬到我們的新家。我年紀雖然小，但是也很能幹！我把小物件都放進膠箱裏面，爸爸就不用搬得那麼吃力了。

「媽媽，搬屋後我還能去九龍公園玩嗎？」我一邊收拾一邊問媽媽。

來了香港後的每個下午，媽媽都會帶我走十五分鐘，來到那城市中的森林——九龍公園。外公第一次來香港的時候看到九龍公園，戲說這公園比我們整條村子都還要大。對於那時只有一米二三的我來說，九龍公園就像一個小國，有王子和公主居住的城堡（那只是個城堡型的瞭望台）、有能讓我暢泳的大海（那很大的游泳池）、還有電視劇裏皇上和妃子閒逛的御花園（那裏還有一個中國式園林），當然少不得我最愛吃的麥當勞。學校童軍說要到九龍公園玩城市定向的時候，我興奮得不得了，這裏可是我的「地頭」啊！這次搬家我最擔心的就是不能再到九龍公園玩了。

「傻孩子，我們只是搬到幾個街口外的大廈罷了，當然還能去！」

聽了媽媽的話，我可就放心了。

二

我們氣喘吁吁地抱着一個個箱子，走了五層樓梯到了我們位於南京街的新家。走到第一層的時候，我發現這層只有一道門，那就是說，這裏只有一個單位，門上還掛着一個黑色的招牌，寫的是英文，那時我看不懂。

「媽媽，這是什麼啊？」

「D……我也看不懂。」很可惜，媽媽也不能告訴我答案。

我們把箱子都放進那一房一廳的房子裏面，這裏比吳松街的房子大多了，至少廚房是廚房、廁所是廁所。爸爸新安置了一張木質的碌架牀，從今以後上層牀便是我的天地！

晚上，我被樓下蹦次嗟次的聲音吵得不能入睡，原來一樓的單位是一家酒吧，每天晚上都播放着高亢的音樂。我發現了，佐敦的唐樓都不是單純的住宅，大部分唐樓裏面都有各式各樣的店舖，有酒吧、有足浴店、有夜總會。我躺在牀上就能從窗口看見對面的夜總會，有一次警察來掃黃，身穿短裙的女人們一個個抱頭蹲在走廊上，原來翡翠台的警匪片也不全是騙人的呢。

慢慢地，我就習慣了住在這喧鬧的市區中，我習慣了節奏明快的安眠曲，習慣了亮堂堂的夜晚，習慣了街道上突然響起的鳴笛聲。

最高興的是，我認識了我的鄰居。那是一個巴基斯坦的女孩，比我小一歲。她有着大大的眼睛，又長又翹的眼睫毛，和黝黑的膚色，但我卻忘記了她的名字，那是一個從課本裏找不到的英文名。雖然我們語言不通，但是我們玩得可開心了，我們經常結伴跑到天台，拾起別人放在一邊用來燒香的罐子，裏面的香灰就是我們的玩具，一罐的香灰就能讓我們玩一個下午。我們愛用膠樽拿水到天台，把水灌進罐裏，再撿一根鐵絲攪拌，那效果就像玩泥巴一樣。

可是我和那女孩玩了不到兩年，我就離開了。

三

第二次搬屋是從南京街到炮台街。

炮台街的新屋位於油麻地街市旁，那房子有兩房一廳，媽媽說我要升中了，便說要給我一間獨立的房間。我高興得不得了，媽媽還陪我到上海街的家具店訂造了一張上牀下桌的家具，這樣我就有自己的天地了。

從炮台街到我的學校，要經過廟街。那是香港有名的旅遊景點，一家家攤檔擺賣着各式各樣的紀念品。下午三點，那些喊着外語的男生們就開始搭棚，風雨不改。與廟街平行的上海街比它寬闊多了，那裏最多的就是足浴店，穿着低胸短裙的女人踩着高跟鞋，無論天有多冷都站在街上發着傳單，我走過的時候從不敢抬頭。

廟街上最吸引的莫過於那些大排檔，炒蟹、炒通菜、煲仔飯，色香味俱全的菜式讓每天下午放學的我垂涎三尺。可惜那一碟炒通菜就要上百的價錢，我吃不起呢。

要是放學晚了，或者有活動，我都不愛走廟街，因為那裏五點過後便水洩不通，我還是把路讓給遊客們吧。於是，我都會繞到玉器街回家。

我很喜歡玉器街，這裏不像那愈晚愈鬧的南京街，一天到晚都靜悄悄的，只有偶爾幾個老大爺坐在店外頭聊天。那邊的房子有着咖啡色的窗戶，用馬賽克裝飾的牆壁，充滿了老一代的風情，我想以後要在這裏買一套房子，媽媽說我蠢，怎麼漂亮不都還是唐樓麼。

每逢星期三，我還會繞到玉器街背後的「八文樓」學琴。據說這裏以前可是坐落在海邊的海景樓，在六七十年代，這是只有富貴人家才能住得起的豪宅。「八文樓」顧名思義，每一座樓都以「文」字命名。位於文苑樓上的琴行空間不小，每扇窗戶上放着一個個大膠板，一個窗框一個字，從外面看就是亮眼的大招牌。每次學完琴，我還會到文景樓下的文具店逛逛。那裏的文具店和玩具店都小得很，店家愛把玩具都掛在店口上，用玩具砌成一面，只留下一個小口供人出入。我最愛用那裏文具店的鉛筆芯，四塊錢一盒，十年以來從來沒漲價。

後來我升上了中學，每天早上都要到佐敦道上等車，晨光熹微，頭頂上的霓虹燈牌都還沒熄燈，百老匯舞廳、東方桑拿、各式各樣的夜總會夜夜笙歌，那餘音直到清晨也不會散去。這些舞廳就像一個個舞女，從妙齡時代的座無虛席，到現在漸漸衰老，逐漸失去光彩，也許那一塊塊霓虹燈牌將在不久的將來也會被一一卸下。

四

第三次搬屋是從炮台街到柯士甸道。

終於，這次我們跨過了佐敦道，到了佐敦的另一邊，這也是我第一次住上了有電梯的房子。柯士甸道就在九龍公園旁邊，只需要橫過馬路，就能到達九龍公園，不過那時候的我，已經不怎麼到九龍公園玩耍了。

我家樓下有一條和廟街很像的街道——寶靈街。我從電視台的綜藝節目發現，原來寶靈街上有一家刀具店，裏面坐着的是遠近馳名的刀王，佐敦真的是一個臥虎藏龍的地方。寶靈街與廟街不同，這裏賣的不是什麼紀念品，而是皮箱、內衣、絲襪……要是你有什麼布藝品想要買，來這裏準沒錯。

但是，讓寶靈街赫赫有名的卻不是這些攤檔，而是這裏的餐廳。寶靈街尾有一家很有名的食店——「澳洲牛奶公司」，每天下午這裏都大排長龍。我曾經去嘗了一下那裏的燉奶，的確是挺好吃的，但我更情願用這二十多塊錢到對面的小食店裏買幾串魚蛋。佐敦這裏的小店更替不斷，大多數都在營業一兩年就結業了，這家小吃店卻穩穩地經營了十多年，甚至更長。那裏的魚蛋彈牙多汁而有魚味、豬腸粉裏面少有地會放蝦米和蔥，一口咬下煎釀三寶，裏面的肉汁就盈滿嘴裏，我從來沒在香港吃過比這家更好吃的小吃了，怪不得它能屹立不倒。

五

轉眼間，我在佐敦已經住了十年了。第四次搬屋，不再是從那條街到這條街，而是從佐敦到秀茂坪了。

人的一生最可怕的就是習慣，要是能夠永遠留在舒適區，誰願意離開一步呢？從鄉下到香港，我花了整整幾年的時間去適應，終於，我在這十年間與佐敦建立了感情，但當我習慣了這裏的喧鬧，卻又要到一個叫天不應、叫地不聞的地方去。

這一次，我們必須要叫上搬屋公司，不能再用手推車搬屋了。

我坐在貨車上，多渴望自己的眼睛是一部照相機，把這裏的一景一物都刻在眼內，從今而後我就不能再陪伴佐敦了。或許幾個月後我再來佐敦，我會發現那一家超市換成了衣服店、這一家士多變成了七十一，但我都只能後知後覺了。

很多看過港產片的人都覺得，佐敦就是一個魚龍混雜、髒亂不堪的地方。沒錯，這裏多的是夜總會、麻雀館，但正是這樣的煙火味，讓這裏得以熱鬧，香港的不夜天之名，就是從這裏開始的啊。可惜，我領悟這個道理太遲了，直到我要離開，我才開始回顧佐敦的寶藏，我說這一番話就像一個護犢子的大人，見不得別人說佐敦的壞話，但初來乍到的我何嘗不是對佐敦厭惡至極呢。要是可以回到十年前，我一定會走遍佐敦的每個角落，記下這裏的每一道風景。

搬屋的貨車帶走了我、帶走了我家所有東西，卻帶不走佐敦。

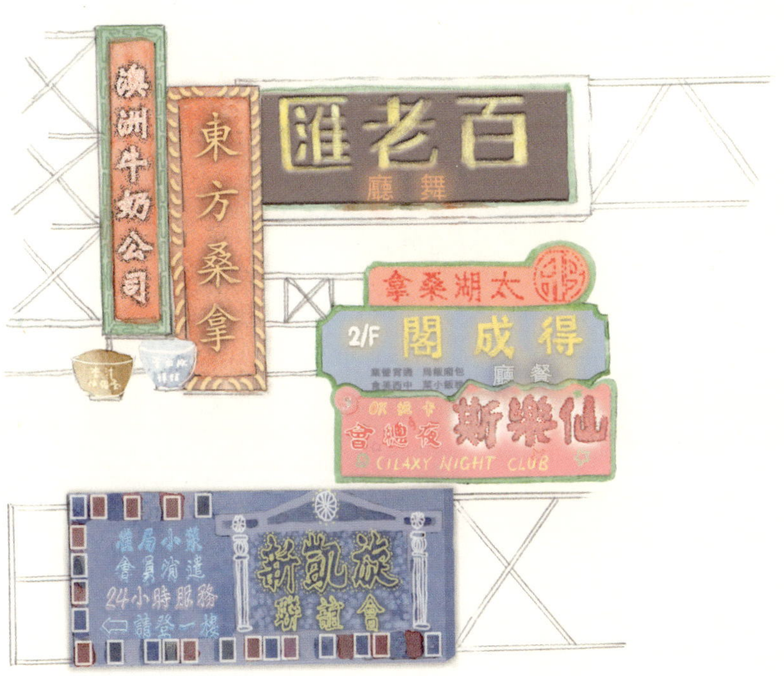

澳洲牛奶公司
東方桑拿
百老匯
舞廳
太湖桑拿
2/F 得成閣
餐廳
仙樂斯
卡拉OK
夜總會
CILAXY NIGHT CLUB
雀局小菜
會員消遣
24小時服務
⇦請登一樓
新凱旋
聯誼會

大圍街道的遺留和現在

李毓寒

大圍是一段大圍和你、和我的歷史，但你現在在故鄉裏休養，所以現在我獨自回去大圍，我們初識的地方。但是抱歉，故事由你而起，但故事的後半段，在我這真的回到大圍的時候，這裏沒有你。像是你扶我上單車，開始還和我並行，後來我們就不知道分別騎去哪了。

地鐵站

我再次來到了這裏，面前是玻璃碎片構成的一條垂直下落的階梯，左手邊凹凸不平的金屬，是這個城市給予盲人，給予我的一絲暗示，透過觸摸那個向前的箭頭和新造的凸起，告訴我：「你呀，你在下樓梯。」而面前正橫着一條橋，在深藍色佈景的空間裏，那些玻璃屏障，天空上的雲，承載一個個懷抱城市夢想的人。我們從橋的這邊到那邊，從城市未被知曉的馬鞍山線，城外擴張的新興土地，過去，到中環、九龍去。而我從學校這裏，作為轉折，踏上完全駛向樂土的路。

淺紅色扶手，我想起你來了，你推薦過這個色號，處於正紅和桃紅之間，適合春天，在嘴唇上開朵紅萼。你告訴我這種顏色可以帶去上課，沒人注意到你的裝扮，甜甜的女生會說：誒這個顏色可愛誒，是哪個牌子哪個色號呀？然後就開始了極為單純簡單快樂的一段關係。以嘴唇的開合，眼角的粉黛和青眉，像故事中的插敘一樣，中途加入一段城市的歷史。

我曾提醒你走路在左邊，這座城市的習慣，而你從家鄉帶來的習慣剛相反。你冒犯了規則並道歉，依然時不時地犯錯誤。我只能笑着看你，縱容你。

踏下去，這石階裏的碎石，被磨平在這裏，三維立體被壓縮在平面的畫裏，並被噴上防脫色的化工油。我踐踏它們，還有一條條灰色帶子裏的反光的，那些是水晶嗎？被遺落在此，我在橫過一條條星河嗎？鷺起，但我走下去，走進你的回憶裏。前方玻璃反射兩個紅色交叉符號，兩隻眼睛發出危險的信號，此時我正走回去，依然地，我決定這樣做了。我早已經決定好了。我的確是要這樣做。

期間路過大廳，兩層樓高，二比一的長寬高，聚光燈未開，準備就緒的舞台給誰表演呢？我記起以往港鐵站內的種種戲劇，一個背着古箏、白衣紅帶校服裙的女孩被攔下，兩位黃衣男子記錄，打電話，黑色的傳呼機：「抱歉你携帶了未被允許的大型道具，需要留下填寫表格，解釋原因，以及向打擾舞台表演的藝術盛宴進行道歉。」Shame。你是在說誰？我在說很多人。

「所以你就旁若無人走過舞台了？」她問。我說廢話，老子是表演天才，隨時隨地切換自如，拿出演員的氣場，工作人員可不敢說什麼。這就讓我想起你在此處丟的錢包了。唉，不說了，智障。

走過扁平的隧道，像魚鑽過過濾器。

「街道」和消失的手撕雞腸粉

昏黃的街道，像是香港的感覺。電影裏的香港，總給我黃昏般的視覺。沒有那麼光亮，很多的暗色，所以能給人遠離塵囂的鄉間感，是我們休息時的避難所。

美聯物業旁嵌進去的兩台飲料自動販賣機，一大一小，一胖一瘦。（胖的像我，廣納百川世界範圍之內，瘦的像你，婷婷玉立佳人何處夢魂俱遠，我罩着你吧，但我們是並立的，我未生長成參天大樹哦不敢再這樣，不能長成帳篷的樣子，蓬壺閬苑）向前走，是依然鮮亮的 Sharetea。一旁的手撕雞腸粉換了招牌，白色皮的木板框起這片區域，裏面正進行裝修工程，打算做一個贋品或是融入些許心思的再創作。以往在舊網頁裏的那家大圍必食小食店驀然消失了，在我的心裏。

實際上，大概在一個月之前我路過那家雞絲腸粉店，用紅色紙布寫着「黑心XX，逼走小店。XX腸粉，只此一家。」下方寫着即將搬去的地址，依舊在大圍，我想那些彩色小燈泡組成的餐牌正在我未能見到的地方閃動它們的靈光，像被遺失在雲海的星辰，依然在眼睛未能穿透的深藍幕布的某一處折射陽光。現在我有些後悔當時沒有珍惜這間小店的憒怒的嘶吼吶喊，沒有在它本身立定的地方獨自排隊。當時我走過，心裏構想着，這家的店主如何在午夜徘徊，憤怒的情緒不穩定地沖刷大腦裏的戈壁，理智被痛苦和夢淬洗出孔洞，讓他在火氣燃燒最旺時做出這樣玉石俱焚的決定。或許他／她會在夜裏做愛，在交媾中發洩着被壓迫的空氣和對岩石下生長出鮮花的愛憐。他／她撫摸着愛人，像是黑海裏飄盪在一處的兩人，互為浮板。

若是租金的漲幅尚在可接受的範圍呢，可能還能承受這樣現實對理想的安排。不，我是說理性分析下，地產商給予的價錢，在談判的桌上，肯定的前進和後退的空間。只要我們夠強，拿出跨國企業裏專業的數據分析表格，西裝革履地坐在敞亮的辦公室，一口一句法律、人情、道德，微笑和猙獰都是被計算好可以進行回收的程度，眼睛裏的綠光像是人皮下的狼一次不謀而合的握手，雙方均知道對方的不可侵犯和進退有度，體面收場，即使內心的怨恨像蛇在嘴中滲出的毒液。在日積月累的每一秒的計算裏，或會在某天以暗度陳倉摧毀自己或對方的城池。

但開場便已經錯了，誰能呢？誰能在真正的熱愛前保持冷靜，在冰凍的腦子裏分析肢體數據和事件發展的路徑然後在那些細小的裂縫中尋找生的可能性呢？誰能要求這些質樸溫潤色澤漂亮的老店，賦予它現代性的霸權心態呢？若人們在開始最無助的時候要求一次公平，像孩子要求平分棉花糖，為何要以絕對成熟的態度去碾壓呢？憑良心吧。為何不能人人都有良心，就像我會問為何不能人人都開一家馳名小食店然後生活富足一樣，始終不會有答案。

以及當時我當時想要拍照給你看，只做一次分享，告訴她讓她快點回來我們最後在此處享受一次，我是這樣不獨立的人呀。想必她也會直接地鄙夷看我，然後又噘起嘴，嬌嗔地撞撞我，責備我怎麼不把她的那份也嚐嚐。

金龍冰室與 MINISO

去年暑假，這裏新開了一家金龍冰室，粉藍色裝修，金色字體設計風格簡約大氣（污染源排放），背後是 LED 燈管，你知道嗎？玻璃門貼着英文字「Open AM 06:00 Close AM 12:00」四處可見的可愛賣萌字體再也不能給人甜美的感覺了，只讓我心煩。我想起我曾經成長的城市，新開的私人咖啡店，以為特別的全是這樣的裝修，還要有花，旋轉的樓梯，小資文藝。木製的雕刻品，木製的板子上手寫字的標牌。別管了，總之是有些木製的東西，這樣就文藝了。但那張桌上的花也太假了能不能用點心？而這裏的瓷磚沒有灰塵，潔白的大理石板，淺藍的椅子。塑料，極其塑料的膠水味進入我的鼻子裏。這種像是本地出產的貨物在出走後歸來，一副「四不像」的模樣，好意思稱自己是「冰室」？這藍天白雲的配色簡直是這片灰土地灰公里的污染物，把街道緩慢行駛的車輛在歷史上狠狠推了一把，然後不得不加速改變，接着成為一種慣性，蕩開一湖青山綠水的現代化進程，覆巢毀卵，破璧毀珪。

而長沙灣的執笠倉和深圳的 MINISO 去年也開到這裏了。在這家「金龍冰室」的旁邊。果然盜版只要便宜就人人愛然後連鎖店的紅色標記就在這城市裏立起來。我們躲雨的時候進入過，你悠閒自在地像在鄉間走路，拿起一瓶廉價的香水聞聞，說那味道其實不錯。又走到另一處，拿起口紅在手上試色，你招呼我過來，音調上揚，告訴我這些口紅和 Dior，

MAC，YSL，Givenchy 的哪些色號很像。我嗯嗯啊啊地應和。我一直一直在玩手機，翻來覆去還是那些看了很多遍的對生活的吐槽或是搞笑土味視頻。雨停了，你一樣東西都沒買，我們神情自然地走出去。

未消失的鍋貼大王

鍋貼大王還在，那天我約你出來，我知道這是能夠以生活氣息恢復你的地方。在你入樊籠之前，我亦開始自救。

人人在此處瑟縮，像是怕被誰見到在此處吃飯似的，但我們坦然且快樂。你說：「我給你看個好東西，是我喜歡，只有特別的人才能和我一起來。」我時而鄙視這種自信，這樣的鄙視似乎能證明自己不在這段友情裏低她一等（但這是多餘的動作）還是欣然享受她對我的接納。在現實裏，似乎打開一條通向浪漫的縫隙，比教學樓上偶見的白牆的小裂痕大不了多少，但從那裏，我摸到那隻手，她牽着我進去。（像是大一的時候，她在茶水間，她說：「我覺得……啊，沒事的一定是這樣，我覺得你會喜歡的！我給你讀詩吧。」）然後你在微波爐旁攤開你中學時的本子（棕色外殼，紙呈現老舊的褶皺和潮濕，鉛筆的字跡向周圍擴散，髒髒的青澀模樣。）你說：「你看看，哈，這裏的豆沙鍋餅很好吃，而且是切成六份，我們剛好一人三份。外皮被炸得酥脆，但內裏薄薄的豆沙又剛剛好甜度，像軟糍粑，還是叫麻糬來着？」我說：「那行，應該很好吃，點這個吧。」

我們坐在塑料椅子上，她看着菜單，自言自語：「哎呀，我們不要吃鍋餅了，我們已經試了很多次了，我們不要吃夠了，那樣我們就不能試其他菜了。不如這樣吧，阿寒，我們嚐嚐這個鎮江排骨吧。」她停頓，眼睛睜得很大，終於望向我了，閃動着光，（女博士在鏡頭前滔滔不絕談黑洞的新式算法沒人能停止她，她一定要把這些新鮮的令她渾身顫抖的偉大告訴別人）她的纖纖玉手（她會很喜歡這個庸俗但是夠真誠的比喻）提起菜單，將它放在我眼前十釐米處。我掃了一眼，回答說：「好的。」必須再加一句她才能滿意：「我覺得它看上去的確很好吃，而且我也很久沒吃排骨了，這像是我奶奶做的那種，我想試試看。」編造這些故事真的令我費力，她看穿了但是不說。（炯炯火光熊熊火焰噴射器，冰山沉思運動中心，扮作若無其事有溫度，熔岩外皮囊壺罩式安全，蒸汽引擎隱身。）

她接着陷入沉思，嘴咬着手指，像是在解謎遊戲中決定要不要走下去。突然眨了下眼睛，開始又一場自言自語：「你有試過這種湯嗎？看上去是髒髒的，裏面有海帶和豆芽、豆皮，很黏稠但是很滿足，微辣但我就是喜歡那種舌頭被麻到的感覺。」眼光始終不離菜單，但好在手還有自覺，拍拍我的胳膊還是肚子，接着說：「YH，我覺得你也會喜歡的，這個也點吧。」真是謝謝她了，在此刻能裝成是和我進行對話和溝通。我由衷地表示可以，請繼續。和她一起的時間我總是格外放鬆，像靈魂可以飄走在人間一樣，心裏想的全都直接說出來。因為我的肉體和她的肉體結伴，「奇怪」若是有朋友，就可以是一場正常是吧。我是在說其他人。

未消失的香港仔魚蛋王

有時候給我的介紹也是經過猶豫的，在店門口她突然展現驚慌（茶花女初見長安馬，黑棕色眼線挑起的尾端，下方臥蠶、上方珠光淺粉眼影過度自然，對上它健美有力但比海更深沉的眸眼）她像突然被打醒了一樣，拉着我進店的姿勢，我好奇地回頭看她，說：「你這樣是幹嘛呀？不就是這家店嗎？」她抿着嘴，猶猶豫豫斷斷續續：「YH，你會介意這家店沒那麼乾淨嗎？我是說就餐環境，可能桌子有些髒還有位子很窄。但它就好像是自己開了很多年的店，那些麪條應該都是手工打的，可有勁道了。就就，就是我很喜歡的那種感覺。」那我也會喜歡吧，我們一起進去。

那是你第一次約我出來。我興致勃勃地觀看一場孩童的現場直播。門口地下黑色的，彷彿火災現場遺留的痕跡，然而這不是，這可是黝黑手臂的肌肉線條鬆弛的掃出的水，在客人走完後從廚房出發的污漬。我沒認錯，門旁懸掛兩串紅色裝飾物，上方正八邊形柱體，平面上是常見行楷的「福」字、錦鯉披彩霞，翻舞於繚繞雲間，和捲起的浪花一起，捲起跳動的元寶和麒麟，下方仿擬鞭炮，手臂粗細的炮仗，飛累的魚和反復構建的中文吉祥字疲倦了就歇息在紅色的幕布上。一雙白色雨靴走出來，二郎腿姿勢地坐在門口的塑料灰色椅子上（那椅子便是你躊躇猶豫的原因），他是曾經招呼我們的店員，告訴我們小碗和筷子的方位。他打電話的樣子靜止不動（聲色俱厲害慘我）。

你說這裏的牛雜河好吃，辣椒油為一妙絕。你挖一大勺在自己的小碗裏，我們平分兩碗：牛腩麪和牛雜河。真正的平分。我未見過這樣的公平。她瞄準分切一塊肉，一隻手一支筷子，借助尖端的壓強將一塊牛腩從中間切割。她望向我碗裏，突然停止呼吸，喃喃說話：「這塊是大的，我要拿回來。」然後從我碗裏提出這塊牛腩，再次用筷子切割，現在兩人碗裏全是相同了。她傻呵呵地笑起來。

此時我站在這，門前腳下的鼎，那些燃燒到一半的香，多到將溢未溢。

地鐵站後的吊塔和「搵食市集」

黑色巨型建築上紅點來回來回來回來回閃動，那些仰天死亡的吊塔，脖頸線條流暢方便被切喉的姿態。這個角度無法呼吸，它們集體在呼喚什麼？是以最頂端的尖刺偽裝引雷針召喚一次天譴，還是妄圖擊穿此刻的雲霧，像筆尖穿透靈魂白紙。以原子底面的圓柱體向外擴張出膨脹的洞，見鯤鵬，星河現，屈原揮袂。呼風喚雨的登高，暢想完就跳下去，集中隕石的質量於錙銖玻璃，然後砸下去，川鶩日逐，穿透我寤寐求思的熔岩赫赫，感受一次分解和消亡。

我想像呼喚溺水者地張牙舞爪你看見了嗎。地鐵站上露出那些未長高的天梯。我想砸斷它們。而一轉身，又見青龍孔雀鱗片，千萬隻眼睛穿行的神仙。火焰眉毛，彎折金塊的毛髮，紅色上翻的威嚴瞳孔。金豬鼻，殷紅長舌直角腮。這交纏的兩條龍飛進那幅窄畫裏，在「搵食市集」的門框邊。

去年的某一天開始，那裏架起了白色簾幕，那麼巨大，佔據半個街道，打印着「搵食市集」四個大字，交叉的刀叉放在碟子上，還有下方椰汁芋圓、壽司、吉列豬扒便當盒、手心大小的糯米糍等等，以及裝修時必備的那句宣傳句：「敬請期待……」那時我確實是期待的，我想着多了一個可以和你相約的地方，放工的時候或許此處能安放我的疲憊，在唇齒碰撞味蕾享受後，在含住那冰涼光滑的珍珠般觸覺的芋圓後，臼齒陷入具張力的食材，在反彈裏感受人手一捶捶施以食材的力道。而我的想像似乎有所差錯，我忘記了那裏原來是那些店，現在那間小廣場一樣的領地裏全是陌生的名字，不知是連鎖還是創業者的嘗試。

現在的「搵食市集」這個美食廣場也早不是什麼新鮮事了，人們走進熟知的大門，挑選今日想試的美食品種，坐下來放鬆一日工作積累的重壓。在臉書上例如「飲食男女」之類的美食推薦類帳號，我也看不見相關推送了。而它巨大的佔地面積，讓它有將自己稱為這片區域的標誌性場地的證據，這麼年輕的生命，在不到一年的時間裏召集滿它的顧客。但人們不會承認，怎能承認這些那些彷佛工廠裏加工的速凍產品在微波爐裏溫熱後被呈上餐桌（這只是個比喻）然後稱之為美食呢？但若他們堅持下去，小店依然會變成老店，會在某日化為真正的地標，帶給新一代的人情懷，此時幾個白校服粉腰帶的女孩們走出來，拿着奶茶討論今天的考試成績（不小心聽到了……），似乎都有不錯的表現。將來她們回憶起友誼，回憶起考試裏名列前茅的意氣風發，還會聯想起這個灰色的房間，和她們手裏冰飲料的清涼。（我也會記得你在此掉過錢包，真的很無語好嗎。不過被警察帥哥們詢問的場景也不失為一種新奇的經歷。）

我的曲奇和蛋撻呀有毒

我走回大圍站，F出口那有間餅店，也是連鎖，但至少不是美心，曲奇酥鬆上面一塊圓形巧克力，三十三港幣一小盒，夠我吃一小時。人就是這樣胖起來的。途經閃光的高樓，像遊樂場中的大型積木。以及善福堂涼茶舖究竟開了幾年呀，它門旁懸掛一塊離地兩米高的招牌，紅色膠布，是一羣鳳蝶，哦不那窄小的翅膀是降落的飛蛾，或者是這塊招牌的鱗片，在風雨的沖洗下，被掀開。圓臉阿嬸拿起碗大小剛好半球的鐵勺，在桶裏舀上一勺，迅速對準白色泛黃的碗，緩慢傾倒，像流淌玉水那樣，裝滿這碗然後輕轉手腕，回撈多出的藥水。蓋上保護蓋。謝天謝地這些涼茶舖，上火的時候總是需要這些猛藥。然後我就發現：

利嘉閣旁邊的餅店不見啦沒有啦！怎麼回事呀這不才過去一星期嗎店呢？白色棺材罩住它的遺屍，突然被捲起的那張白色A3紙，香港置業的職位招聘廣告，翠綠的小方格，簡筆畫房子和煙囪。二十幾行小字，下方是郵件和WhatsApp的emoji。我憤憤地轉身，我記得沙田那還有一家。我突然記起上課說起的十四歲少女。

我不要。即使我能吃到新的滋味，我不要它們消亡。不要美心西餅乾癟的三厘米薄，吃起來一點也不暖和（物理層面），凝固的蛋液，不幹脆不酥鬆不外皮，我覺得自己在吃麪團。騙錢玩意，還比這些小店的貴。我是，我的確喜歡那種榛子巧克力塔，但我為何不能兩個都要。要我永遠不能吃到長沙灣街邊的菠蘿包和牛雜，我不同意！（像執意舉起的手：我有疑問，我問出來，我想尋求答案，或者有一些回音！我死前都會繼續舉。）

挖掘機

最近南方持續下雨，鍋貼大王的門口橫着一台挖掘機。是的，聽起來讓人發笑。這段向內摺疊自己，在公路上敲石挖土的日子，城市自身在強有力的挖掘機鐵齒下大鋼爪下、在青銅金屬的手臂下、旋轉挖斗夾鉗們、油壓粉碎機們、液壓震動錘們，貼着地產商或者水務署的標籤，在要改造的地方用紅黃警示圍欄圈起城市裏老化的地方，建起嶄新的補丁。你永遠不知道下一個動手的是哪一個面具下被領袖差使的郵差，寄來怎樣飄飛的紅色信件，告訴這座城市，如果拆離骨骼移心換肺攪動消化不良的腸道或許就索性扯出來，淌血在白色牀單上，這片躺在美麗海灣邊的土地上。

如果城市會說話，幾十年的改頭換面和兩個月或是兩天內的急遽變化，在感官上的時間是一樣的，每一處細微灰塵的清掃和移走一棟房屋的意義是一樣的，那麼短又那麼漫長。斗轉星移又也只不過是黑洞的一瞬。但當我融淌進、化為灰燼散落的城市身體，這些開鑿、或是復古或是現代化工業或是認為我生病而進行的修理（那些下水管道），認為我不夠古樸撒上的黃土、想拯救我現代化意義恢復計數機的流水線功能的設計，在一段時間內的敏感體會這是一場輪姦。

將她裸體擺在那張黑曜石祭壇上，月光從屋子邊上的破洞處照射出一半的白玉石階延伸進我的身體，極有禮貌的一次請君入甕。貓頭鷹、蝙蝠、癩蛤蟆被率先塞進她的陰道，然後是羊角羊面馬身的教士、牛頭獅身的教士、更多隱沒在黑暗裏她叫不出名字的，那些正在排隊等候的執行者們，一個又一個將手臂粗壯的陰莖捅進她處女的陰道。藉由城市良好的恢復能力，每一次都是一場嶄新的破處儀式，大量噴湧的鮮血，是淋漓盡致地被打死流下的孩子和胎盤。在被撕裂的劇痛中她像是要死去，又從即將死去的窒息中獲得升上雲端那絕妙的空白一片的高潮。「她」又立在半空中，背後孔雀開屏的霜刃銅劍將焦點緩慢旋轉九十度，尖端指向牀鋪上的白淨的妓女，光速俯衝，釘死一條蛆蟲在她這綠葉上。這樣的事情，一直持續着輪迴着，那麼短又那麼漫長。你很難說只是城市自己祈求來的福光，還是他者粗暴的介入強迫城市去接受新的皮膚和肢幹。大圍，誰也說不清維持鈔票的大量流動還是靜止維持這一處罕見的荒涼和市民們安靜的熱鬧更為重要。若城市有她愛的子民翻山越嶺深入她的腹地，畢竟身為不可動的土地，結局只有接受和溺愛。

但其實你所覺的污染非污染，純樸非純樸，也沒有人在為了一片土地掙扎。

我有時想要反抗，例如在無法吃到街角處的蛋撻和咖啡味巧克力味的曲奇，我不得不去美心西餅的時候。或是我想站在手撕雞腸粉那排隊（排隊等待的時候本就是一場欣喜的展開）然後接過餐盒，和友人笑嘻嘻地在鐵欄邊上打開，你一口我一口地吸入，平均分配雞絲味的腸粉和醬汁蒜香味的雞絲。或者是我剛走出A出口，便能望見的「長洲糯米糍」，一米寬的店舖門口放置一米寬的玻璃櫃台，一層是掌心大小的芒果或是榴槤糯米糍，一層是麥提莎糯米糍，還有一層是奶凍和其他的布丁。玲瓏有致的、被鋪排的記憶寶石們。但這些都是匆匆流過的歷史，無聊得如同你中午吃下的飯成了夜晚的排泄物。只有捨不去回憶或是想要體會同樣痛苦或歡愉的人，會一次次開始她們的尋找。

交習作的這天，大圍處於霧濛濛的一片，抬頭望天。它應當記不起了：那清晨的露水是如何，一點點沉甸甸顛顛簸簸浸濕我的呢？

紅燈綠燈

劉裕城

北角於我眼裏，從來都是流動的燈火。

紅燈。如鯽的行人湧過班馬線，按着發光的屏幕匆匆回家。

綠燈。電單車呼嘯而去，衝往下一盞遠遠的綠燈。

我住在和北角一海之隔的觀塘，專上學院下課後，便會到對岸的連鎖快餐店N記當夜更外賣員。北角不是我的家，卻像一本草草翻頁的圖畫書。每次來到這裏，幾乎都以騎行的姿態閱遍了大街小巷。萬家燈火暈開了天上的漆黑。暗黃的柏油路。淡灰的雲。

紅燈。

綠燈。

今天的第七單，送去仁德大廈。想不到我當了三個月外賣員，送過成千上萬的漢堡薯條，還是頭一回邂逅這陌生的地址。春秧街九十三號。

（仁德大廈，土裏土氣的名字。）

春秧街九十一號，嘉寶大廈。市集中密密麻麻的赤紅帳幕，緊挨着盤根錯節的蔥綠大樹，又交疊着五光十色的霓虹燈牌。我左穿右插，卻不見附近一個「仁」字或「德」字。外牆掛滿鏽色鐵架的黑黑房子全黏在一塊，像一堆醜陋的癌細胞，難以辨識當中的組織。我挽上保溫袋，向前走多兩步，春秧街九十五號。

（奇怪，那九十三號呢？）

來回走着九十一、九十五號，好不容易察覺中間一條養滿青苔的小巷。亂糟糟的電線繞着「二德大夏」的牌匾，樓梯被歲月踏得滑溜溜的，地址是七樓B室。

（北角唐樓的層數相當有趣，也曾令剛送外賣的我摸不着頭腦，明明是七樓，英文卻是「EIGHTH FLOOR」，但經驗告訴我應以中文為準。）

七樓B室，沒有門鈴。

篤篤，我敲了敲木門，連指節也能感受到那道門的薄弱，幾乎沒有隔音功能，門內傳來掉筆之類的聲音。一名穿着校服的男生拉開門，其實更像揭起一頁紙。屋裏沒有窗，鎢絲燈泡已是垂暮之年，正釋放着稀薄的黃光。那男生捻着手心零碎的硬幣，面色略帶焦急。他身後的一疊書簿，像一座小山危立在陳舊的木桌。

「哥哥，不好意思……我差五塊錢……」他囁嚅的聲線輕得像薯條在紙袋磨擦。

我細細打量面前這名貌近十六、十七歲的男生。

他忙不迭補上一句：「家裏只有我一個人……」

我歎了口氣。

（看在他學生的份上，欠的錢也不多，就幫他付一點吧。）

那名男生快樂地把所有零錢嘩啦嘩啦倒在我掌心。

幾天後，外賣單又出現了仁德大廈七樓B室。他身後的桌子依然凌亂，兩行攤開的書簿之間散放滿了文具，頗有三分似那樓下的春秧街——鉛筆是那排市集，長方形的計算機是叮叮，橡皮擦的碎屑都是密集的行人們。桌子左上角仍拔起一座小書山。

（北角是有山的，從春秧街向南直走十五分鐘，但我不知道那山的名字。）

男生的頭垂得很低，彷彿在對螞蟻說話，徹底埋沒了自己的五官。不知為何，我竟早已預想過這樣的情況。我歎了口氣，也點點頭。這次硬幣的重量明顯地比上次的輕。一毫。兩毫。

北角的眾生百態恰如一卷清明上河圖的夜景版，長長的英皇道貫穿東西，電單車和我都成了畫中物。

紅燈。流動的風景急急煞停，衝得太快，沒發覺思緒還遺在春秧街九十三號。

綠燈。引擎發動，下一單地址，渣華道二十一號。

第三次來到仁德大廈時，那男生的笑容牽強得如左拼右貼的勞作。

「你家裏又沒有大人嗎？」我衝口而出。

「他們都在工作……」說罷，他的頭垂得更低了，隨時可以舔到自己的衣鈕。

我竟像個乞丐，主動伸手索取那少得可憐的零錢，然後自動遞上漢堡。他鞠躬、他道謝，但我分不清正在被感激的我，到底是做了好事還是壞事。

紅燈。臉頰滾滾發燙，比紅燈、街市的紅膠袋、新光戲院的燈牌，都更紅。

（還會有下一次嗎，他只是個清貧的中學生，幫他付些錢不過是舉手之勞，何況他看似挺勤奮的，要是他考上大學，便有能力脫貧了，這樣的話，我也算做了一件好事吧；但再貧窮的人，不也應該有自己的尊嚴嗎，我又為什麼這般沒有原則呢，他會不會在濫用我的同情，我的施捨是縱容，是幫助，抑或是他的騙局的一部分呢，如果他得寸進尺，下一次索性不付錢的話，我又要怎麼辦？）

綠燈。呼了口氣，綠燈、行道樹、墨綠色的叮叮，一一被拋諸腦後。

然而，再也沒有下一次。

北角另一間精品漢堡店B記開張了，正招聘外賣員，薪水比N記豐厚得多。從此，電單車跑動的不再是熙來攘往的英皇道，而踏上了那蜿蜒曲折的天后廟道，進出那一排矗在半山的「賽西湖大廈」、「寶馬山花園」。大門儼然由兩座小型凱旋門並列而成，盞盞射燈照亮了柱上堂皇的文藝浮雕。

山下的英皇道，沒有英皇。唐樓、茶樓、新光戲院。

山上的天后廟道，沒有天后。豪宅。豪宅。豪宅。

鈴鈴，我按下輕觸式的門鈴。門打開了，屋內的男生安坐沙發上，抱玩着可愛的貴婦犬，菲傭姐姐正掏出銀包。她們通常會付很可觀的小費，這次竟還給了一百元。也許在菲律賓，一百元的披索不過是一個漢堡的價錢吧。

紅燈。山腰的高度剛好遠眺維港，路邊的樹叢剛好掩蔽北角。

綠燈。林寶堅尼和保時捷爭先恐後。

B店的外賣單比N記的少多了，工作也因此輕鬆許多，這份兼職不經不覺便當了一年。東南西北的街道網絡已是了然於胸，卻再也沒到過「二德大夏」。今天下班晚了，肚子餓得不可理喻。心血來潮之下，我撥了那串曾印在N記保溫袋上的電話號碼。

「一個至尊漢堡餐，地址是——觀塘仁富大廈五樓A室。謝謝。」

飢餓感像一輛不受控的電單車，無視交通燈，在我胃裏跑來跑去。

紅燈。

綠燈。綠燈。綠燈。

（好餓，好餓，這麼久都還沒來，會是什麼人送外賣呢，是新手嗎，還是今天有很多單呢？）

我數着掌心的零錢，想起了那名總是不夠錢的男生。

（咦，會不會是由他送外賣呢，過了一年，他起碼十八歲了，雖然他住在北角，不過我家是觀塘，也會去北角送外賣，若是他來送的話，肯定會認得我吧，不知道他近況如何呢，考上大學了嗎，如果考上了，他會感謝我的，對吧，當初總算幫他付過幾十塊錢，這一次，起碼請我吃一頓免費漢堡吧，報恩的故事都是這樣寫的，滴水之恩，湧泉以報嘛，他大學讀什麼科呢，相信是理科或者商科，以前看他的桌上總有計算機，那他將來打算做什麼呢，從商不錯，賺多點錢，以後就有錢吃B記的漢堡了，更最重要的是，不用再住在那發霉的唐樓，不如搬去寶馬山花園，請菲傭，養小狗，等一下我們可以談談，畢竟我是他半個恩人，而且都這麼久沒見了。）

我倚着窗邊，環視街上如川的車流中，有否閃過電單車的蹤影。

紅燈。車輛停止，行人移動。

綠燈。車輛移動，行人停止。

城市的人都遵守規則。紅燈。綠燈。貧窮。富有。
叮噹，門鈴響了。

㈢ 五味雜陳

北角之夜

劉樂遙

人生大概確實是如夢的，如的更是午夜魂夢，在夜半無人的寂寥裏從記憶的深處手腳並用地爬出來，一把攥住已然苟延殘喘半世紀的淺眠。

王迪安猛地睜開雙眼，鼓譟的心跳幾乎要破腔而出，有些混濁的雙眼微微顫抖，映照着從遠處投來紅黃相間的燈影。她斷斷續續地深呼吸，眼睛不可抽離地盯着自窗縫之間滲入的顏色。多麼熟悉又多麼久違的燈光，她都不敢辨認。

直至呼吸平穩，心跳恢復，她才敢伸手把雙眼的眼皮輕輕地蓋上，在還帶着舞動光影的黑暗裏輕輕地呼出一口氣。

再真實都不過是夢。

只是這些夢都太像真了，就像那些過去，她都說不清這前因後果是如何發生的，過去的半生都是一場在舞台上被輕紗籠罩的表演，色士風與鋼琴隱隱約約在千里之外合奏爵士樂，她一個人站在空蕩蕩的舞台上，站也不是，坐也不是。穿堂風拂過她閃片裙下裸露的肌膚，似乎隨時可以將她托起，漂浮到空無一物的半空中。現在看來除了迷惘二字，就只有那些曾經確確實實地打在自己身上的燈光還有些溫度，與今夜在自己乾癟肌膚上躍動的光如出一轍。

她最沒想過的是自己在春秧街一住就是三十年。

從安姐到安姨是她分辨時間的方式。確實，如果時間一直都停留在她二十歲那年，她只會有 Dear 這一個名字，從各式各樣的嘴唇中被唸出，乾澀、帶着煙酒熏黃痕跡的唇會說迪阿迪阿，被塗抹着艷麗鮮紅的彩釉掩蓋的疲倦的唇會喊她迪兒，而那雙曾用溫柔在她額頭鼻尖與唇齒間磨蹭過無數次的，沒有血色的唇會在耳畔字正腔圓地唸出 Dear。有人告訴過她，那是「親愛的」的意思。

起初她是很有些惴惴不安的，誰叫都不太敢應，只敢從口紅已經花了一半的嘴裏嚅囁出叫我迪、迪安就好一類的句子，最後一把被扯到無論誰的懷裏，「叫撒名字也蠻好」。是啊，叫什麼名字都好，反正都只是個代號，一開始就叫望弟的人，本來也談不上背負着什麼期望。背井離鄉來到了繁華大都市，也只需要經理一個皺眉，就能給自己脫胎換骨。蓋在緊握拳頭上的紅絲絨輕輕一抽，把拖油瓶變成了「親愛的」。

但戲法終歸是戲法，就算表皮那層軀殼一變再變，誰都知道那掌心裏其實一無所有。只有一無所有，她才可以成為所有。背負着白眼與冷漠生活了許多年，王迪安自然知道何謂分寸。被這股連帶金錢的寵愛哄住了不過三數月，她就從昏頭昏腦中醒過來，骨子裏那份小心翼翼是洋文名字與閃片長裙所剜不走的，卻意外地讓她比誰都更擅長在乖巧與諂媚、冷漠與冷艷之間取得微妙的平衡。從此飄洋過海的王迪安成為了小上海裏的一朵名花。

這朵海上花與水中花說起來倒也沒什麼區別，遠眺起來是真切的，愈靠近愈模糊，到你伸手去取，也只撈得一手空虛的殘影。當時幾位老闆都對王迪安透露過一點意思，醉醺醺的人摟緊她的腰，直至上了車都不肯撒手，逼得她半個身子都埋在了轎車的後座裏，只要誰來輕輕地推一把，就能關上車門把她從此帶走。只是王迪安從來都把雙腿踏踏實實黏在地上，沒有一次讓車門關上的機會。誰都以為她被眾星捧月的氛圍沖昏了頭，只有她知道自己只是怕，怕身上穿的這套皮囊會在年歲中逐漸剝落，只剩下一個瑟縮的靈魂獨自站立在一地的碎片之間。倒不如維持一個恰好的距離，隨時可以一別兩寬。

輕聲細語地哄走了客人，轎車揚長而去，天色已經半亮。背後的霓虹燈在半個小時前熄滅，殘餘一地灰暗的白光包裹着一個瘦小寂寞的影子。她低頭挽了把頭髮，對自己說「敹早」。

「迪兒，又唔得呀？」

她在梳妝鏡前脫下耳環，對着鏡子反映出的疲倦面容搖頭。

「我都覺得係有啲老，想做多幾年太太都難。」

「還能這麼挑啊？我看就挺不錯的，早死幾年以後沒人管，還不是想幹什麼幹什麼。」隔壁的人卸唇彩，一抹就是一片血色，滲進嘴唇深刻的紋路。

「你冇得揀就無所謂好唔好啫……」

臉上殘存的妝容一點點卸乾淨，是一張沒有皺紋的臉，再換了日常衣衫，王迪兒低頭看錶。

「車就到啦，我先走。」

她喜歡搭電車，現在喜歡，三十年前也喜歡。兩毫到兩元，是另一個時間的刻度。她在天大亮的時候下了樓，市場的人流像潮漲一樣漫出了馬路。店主於門口叫賣今日的新鮮蔬菜，夥計拖着滑膩的發泡膠魚箱穿過人潮，麪食店的蒸氣從一人多高的窗口冒出，梟梟而上，拖着購物車的主婦叫她讓一讓。她偏過身，正巧電車開進了狹窄的街道，主婦頭也不回隨着電車前進，王迪安佇立在原地讓車帶起的風吹進自己的眼睛。

她妄圖在日復一日到來的電車車窗中尋找某一張年輕而熟悉的臉。

那時候她並不住在春秧街，英皇道早有夜總會為她安排寬敞亮麗的住處，但她在下班之後總不會直接回家，而是坐電車迎着風來到這個不

82
82

過一個站遠的地方。這裏其實跟麗池說不上有什麼區別，路一樣窄，人一樣多，黃色調的面孔張張相似，只是會偶爾聽見不一樣的音調。她正是為了這種細碎的、張揚的音調而來。那些陌生嗓音發出的熟悉語調，或叫賣或吵架，從不適合訴說鄉愁。正好她也不願意有什麼鄉愁。來只是單純享受看着一籃籃眼熟的商品在自己低垂的眼簾下一閃而過，背景那些模糊的臉終於會在一瞬即逝的印象中，幻化成一些閉上了眼也能夠描摹出的相似輪廓。

她深呼吸，直至電車轉個彎駛離這條狹窄得讓人窒息的街道，拐出了大路，她才能如夢初醒地定一定神，換上屬於王迪安的一張臉。

忽而一隻白皙的手遞來一塊繡金絲邊的手帕，努力用不鹹不淡廣東話一字一頓地問她：「小姐，你冇事吧？」

事到如今，王迪安也曾經後悔自己那一天沒有隨黃老闆離開。那麼她的下半生大概會是截然不同的模樣，聽說黃老闆在六幾年就過了舊金山，那麼她那雙皮膚開始鬆弛的雙眼如今所注視也許就是舊金山別墅裏的一條老狗，而不必在午夜驚醒時迎接刺眼的淒涼月光。

可是她沒有。她那年才二十歲，二十歲的心躲得過名利也躲不過愛，自幼缺乏寵愛是另一種深藏在她骨子裏的渴求，同樣深刻的自卑卻教她不敢造次。她以為自己抵抗得住，卻不料原本勢均力敵的兩者在不覺間演變成了一面倒的形勢，她只依稀記得當初在麗池重遇這位青年時，連呼吸都有些凝滯。

「我是來討回我的手帕的。」

他一手握着酒杯，一手攤開了伸向她，眉目間有難以言喻的玩味。

王迪安從手提包裏抽出了燙好的手帕，疊成方正的模樣放回他的手心，指尖隔着絲料停留了不過一瞬間，他就收回了五指，將她的手嚴嚴實實地握住。

「當作謝禮，你可以告訴我為什麼在電車上哭嗎？」

王迪安沒有告訴他為什麼，只是接過了他手中那張皇都戲院的開幕首映票，就像是命中註定要接受一樣，畢竟那時候的她也並不清楚為什麼。直至很久以後也不知道。尋找會引起一種難以言喻的焦躁，而遍尋不獲會種下長久的失落與虛幻的希望。

他們開始交往，像每一對少爺與舞女，從持續幾個禮拜的捧場開始，到她真正願意雙腳離地，坐進了他專屬的房車。如果要算，大概從接過手帕那一刻開始就有人不動聲色地淪陷，在緩慢的過程中甚至不想試圖掙扎。她第一次踏入另一個男子的居所與牀榻，以自己成全了王迪安。從此就再逃不開這個身分。

她以為自己已經踏出的是落向實地的一步，卻沒想一腳踩空，以一種近乎尷尬的姿態雙腿懸空地失了重。他歡迎她，地毯歡迎，枕頭也歡迎，可是歡迎是區分主客的，在麗池的身分於此不過作了一個角色互換，她只能是永遠的客人，躺在他光裸胸口上的客人。

躺在他胸口時她把耳朵貼近他的心臟，問他將來有什麼打算，他摟着她瘦弱的肩膀親一口，說我要以後都愛你。她問他愛的是什麼人，他湊在她耳邊說王迪安，近乎赤誠。

我原本不叫王迪安。

他沒有開口追問她的姓名，只是摩挲她耳後脆弱的肌膚，你是麗池的王迪安，那就是王迪安。這句話如果還有另外一個說法，那麼想必就是我不在乎。

既然不在乎，那就不必問，她甘心作他一輩子的王迪安。

他帶王迪安四處游玩，那些她來港後便沒有時間踏足的地方，他們一一去了，用他從父親那處要來的相機拍下許多不曾見過的風光，但這些風光從來不曾滿足過他。

「如果可以帶你回上海就好了。」

是嗎。她吞下心裏一句近乎如鯁在喉的是嗎，問他這裏跟上海有什麼不同。舞廳、餐廳、租界、洋人，這裏應有盡有。

這裏很像，但不是上海。他把沖曬出來的照片攤在桌子上，與從相簿中抽出的舊時照片拼合，王迪安只覺車還是那樣的車，店也是那樣的店，就連在黑暗中的霓虹燈影閃爍得相差無幾，繁華的都市那樣相似，她分都分不清。

「那麼福建和香港有什麼不一樣嗎？」

她搖搖頭，不知道是不想說，還是不知道。

他只是笑，拿起相機朝她咔嚓一聲，說你知道的，我早晚都會回去，我想帶你走，不，我要帶你走。

可是帶誰走呢，他卻沒有細說。

他們分別於三年以後，在一個天氣晴朗的清晨。五月風暴捲起一場離別的災難，每天每夜都有人匆匆離去，正如他們當初匆匆到來，連要收拾的行李算不上多，更何況拖得住腳步的感情。香港從來只是一個中轉站。他們帶來的海派作風還沒有來得及滲透大街小巷，就已經消弭在無聲的動亂中。誰也身不由己。

王迪安一路送他到輪船上，他一路握緊她的手。她記得他最後的一句話是「香港是個好地方，等平靜了，我回來找你。」

她應了，手一揮豪擲了三十年時光。

如果說王迪安是直到後來才知道他根本不會回來，不是真的，但如果說她從來沒有相信過這句話，倒也不十分真確。大抵諾言就是一日沒有應驗，就一日不知道真假的一件事。況且他也不能算是騙子，他確實帶走了一些東西，只是不知道到底是回上海了，還是輾轉到了外地。從前的王迪安是一副軀殼，但他所完成的王迪安是那個神魂。於是那張隨意拍下的照片，就帶走了香港的王迪安。

至於遺留在北角的又能算是什麼呢？

大抵不過一個夢。

忘憂酒吧

蕭鳳君

一

她的雙手抵在吧檯上，肩膀微微聳起，像一隻受驚的小貓，手指不斷轉動着右手無名指上銀色的戒指掩飾着她的不安。

「喝什麼？」程遠擦拭着手中的威士忌杯子，用眼角的餘光掃向了女孩，但眼神卻沒做多餘的停留。這些年酒吧裏的女人，幾乎沒有一個例外，她們精心打扮着，算計着，有的露出長腿，有的墊上胸墊，再高明點的什麼也不露，穿着緊身的長袖短裙，讓姣好的身材一覽無遺，處處散發着誘惑的味道。程遠對這位客人也同樣有了先入為主的看法，不打算多看一眼。

「我……不懂酒。你隨便調一杯就好了。」她的聲線如吧檯上明黃的燈光一樣溫和，好像曾經日日在耳畔絮語一般的熟悉親切。

他擦拭酒杯的手突然停頓了一下，眼神裏面似乎閃過一刹那的光，不知道是不是真的，抑或只是他左手戒指折射的光。他從頭頂倒掛的酒架上取下一個三角的杯子，拿起二分之一的青檸沿着杯口擰了一圈。濕杯後，他便將杯子倒置在充滿雪白顆粒的小圓碟上左右轉圈按壓。提起時杯口已經沾滿了鹽粒，在桌子上就像被月光照射的淚滴一般，晶瑩剔透。隨後他又純熟地將冰塊、龍舌蘭、君度、青檸汁依次地倒入雪克壺中，然後放在耳旁的位置前後搖晃。「哐啷哐啷」的聲音在程遠的耳畔響起。他喜歡這種冰塊和液體撞擊瓶壁的聲音，像大海，像深谷，像血液，像心臟。然後他徐徐地將裏面的液體倒入杯中，彷彿將所有他內心想說的，想表達的都傾注在這杯淡藍色的瑪格麗特裏。最後再加上一半的青檸伴杯。

「瑪格麗特。」他將杯墊推向女孩的眼前。

「這個味道很特別呢！」女孩抬頭瞪大了眼睛看向程遠，驚喜的眼神直直地穿透了反光的鏡片，就像一個吃到棒棒糖時眼神會發光的小女孩一樣，就像他最愛的人一樣。程遠的臉上出現了一抹久違的笑容，淡淡的，看不出太大的喜悅，反而在酒吧幽藍的燈光下總感覺帶着一點的傷悲，不知是不是錯覺而已。

「老闆，我也要一杯瑪格麗特。」剛坐下的客人朝着程遠喊了一聲道。

「材料不夠了抱歉，請選另一杯吧！」

女生望向吧檯裏面，明明裝着青檸的果盒還是滿的……

不過她沒有拆穿他，而是一邊默默盯着程遠和她手上款式相似的戒指，一邊抿着手上這杯像淚水的瑪格麗特，心裏總是有點說不出的難受。

她忽然想起了來酒吧的目的：「對了，老闆。你有見過一個梳着油頭，穿純白恤衫，身高大概一百七十五的男生嗎？」

「他長什麼樣子的？」

「我……不清楚。只是他總是出現在我的夢裏。」

「你千萬不要覺得我喝醉了！我知道這聽起來很像一個瘋子說的話，可是他每一次出現都讓我有一種很莫名的真實感，我能找到這裏也是他告訴我的。」

「他說什麼了？」

「他說……」

如果我們走散了，我會站在蘭桂坊最高的地方等你，讓你看見。

「他說如果我們走散了，他會在最高的地方等我。」

二

一九九二年十二月三十一日。

「程遠你開快點！我們快趕不上倒數了！」

「好了，我已經超速了。」

一輛黑色的奔馳在中環的市區馳騁着，正趕往蘭桂坊迎接新年的來臨。

「這裏有車流管制，駛不上蘭桂坊。要不然你先下車等我，我停好車就來找你。」

玻璃的車窗反映着夏燃的臉，黑直的長髮搭在雙肩上，一直披到胸前的位置，微微形成一個弧度。她的瞳孔映出了城市紅色、綠色、藍色、黃色七彩的燈光，它們時而跳躍，時而流轉，成為了最天然色的美瞳。

程遠瞟了一眼坐在副駕駛位的夏燃，也許他自己也不知道，一抹笑容就悄悄地爬上了他棱角分明的臉龐，眼裏盡是溫柔。「真像個小孩子一樣。」他心裏應該是這樣想的。夏燃就像一個小孩子一樣，儘管嘴上什麼都不說，但按耐不住的興奮早就被她的肢體出賣了。她的雙手拉着車門，似乎只要程遠一停車她就會打開車門衝出去一樣。

「你一定要快點哦！我們要一起倒數呢！」面對這個囉嗦又可愛的夏燃，程遠無奈地點了點頭，笑着揮手，示意她走。

「站在最高的地方讓我看見你。」

「知道了！」話音未落夏燃便轉身小跑上了前往蘭桂坊的斜坡，她的長髮在身後凌空飄逸，白色的長裙也在隨着她的急促的呼吸上下抖動。

大概是跑累了，就在欄杆旁停了下來，朝着他高高地揮動着手臂，大大的眼睛瞇成兩條倒勾的月牙，張嘴似乎在說些什麼。不知是說「Hi」還是「再見」。右手的無名指上好像有什麼在閃着光刺痛了程遠的眼睛。

今晚的月亮格外的明朗，沒有一片的雲霧遮擋它的光華。淡淡的黃色在夜幕中暈染開來，像一滴不小心滴落在黑色畫布上的油彩。它就這樣安靜，冰冷地掛在黑夜上，看着地上的人為一個數字的跳轉而狂歡。或許在它的眼中無論過多少年都是一樣的，始終是逃不過圓了又缺的宿命。

「十！九！八！七！」夏燃不停地穿插在人與人之間，希望能站到最高的位置，讓程遠來的時候能找到自己。後面的人也不停地往前面擠。她也數不清自己被踩了多少次，自己又踩了多少人。旁邊還不斷有人從酒吧湧到街上，他們搖動着酒瓶，將香檳，啤酒甚至是伏特加噴灑到空中，道路瞬間變得像下過雨一樣濕滑。他們甚至將空的酒瓶扔向天空大喊「新年快樂」。

「不要推！」

「喂！不要推聽不聽得見！」

「六！五！」

「I said don't push!」

「四！」

「Fxxk you!」

「三！二！一！Happy New Year!」

對岸的煙花噼哩啪啦地在香港的夜空中盛開，點亮了整個漆黑的夜空，像在為逝去的一九九二年作出一場盛大的悼念儀式一樣。蘭桂坊看不到煙花的全景，只有一點散落的星火和瀰漫在空中不斷飄散的白煙，伴隨着人們的尖叫，歡呼，尖叫，哭喊，迎接了新年的到來。

程遠最終還是沒有趕在倒數的時候到達山頂，由於蘭桂坊已經飽和的原因，只能在最底的地方隔空和夏燃一起倒數。可是他聽到不止是倒數的聲音，好像還有點其他細小擾攘的聲音，像在吵架對罵。前面的人潮忽然開始前後地蠕動。噪音愈來愈大，愈來愈大，是人們的喊叫聲。很多人突然轉了身朝山腳的地方瘋狂推移，他們拿手肘抵在身前，用力地往前推。不斷有人跌倒。他們想爬起來，可是倒下的人愈來愈多，他們壓在彼此的身上。有人踩踏着別人的手，腳，甚至是脖子。有人想去幫忙扶起跌倒的人，卻又被好多膝蓋撞到身上，一個重心不穩又朝後面滾了下去。

程遠完全不知道發生什麼事地被人推走，此時他的腦海中一片空白，只有夏燃。他要去找她！可是當他企圖逆流而上的時候，無數的人們總會像海浪一樣將他沖回。後來更有人抓住了他的手臂「你瘋了嗎？上面人踩人太混亂了。快點走吧！」程遠的心一下子就揪在了一起，好痛，好痛。像一個無助的孩子一樣哭喊着夏燃的名字。他多希望夏燃在下一秒就會出現在自己的眼前。他甩開路人的手，堅持要上去找夏燃。

「夏燃不會有事的，不會有事的。」他的口中一直振振有詞地說着，彷彿這樣就能有往上爬的力氣，彷彿這樣夏燃就真的不會有事一樣。可是他的嘴唇一直顫抖着，這種振幅甚至從他的心臟蔓延到他身體的每一條微絲血管，讓他寸步難行。最後他也被推倒在地上了。

從人們凌亂的步伐之間他好像看到地上有什麼東西在流動，是黑紅色的液體，它們從不同的地方匯流成一條再形成了無數細小的分岔，安靜的，慢慢的，流動着。

他的手不斷地被踩踏着，即使將手掌捲成拳頭，他也爬不起來，前臂在水泥地上磨擦地翹起了一點皮，在他想縮手抱頭的時候它們又被往反方向地拉扯，露出一大片鮮紅的肉，肉也在地上磨得模糊不堪。他想上去。他想找夏燃。右手的戒指忽然一道銀光射進程遠的瞳孔，他也暈了過去。他不知道這場悲劇是怎麼收場的，也不知道警察和救護車是什麼時候來的。只知道在這一個晚上，八分鐘過得像一年一樣的漫長，德己立街和和安里之間，成了兩人生死的距離，永遠都無法跨越。

三

「歡迎光臨。」酒吧老闆擦拭着手中的威士忌酒杯，瞟了門口一眼。

程遠已經是這家酒吧的常客了。自九三年後，蘭桂坊的生意冷清了好一段時間，可是在這段時間裏，程遠幾乎每天都會來這裏。還一定要用八分鐘從山腳走上山頂的這家酒吧。他沒刮掉已經長得很長的鬍茬，反而任由它們自由的生長，比較現在夏燃已經不會說他的鬍茬刮到她的臉了。微捲的頭髮披散着，雙眼也失去了光彩，與兩個月前那乾淨帥氣的陽光男孩完全不同。唯一不變的是他依舊穿着那件夏燃最喜歡的白襯衫。

「瑪格麗特。」老闆將一杯藍色的液體推到程遠的眼前。

「我要威士忌。雞尾酒喝不醉。」程遠痞痞地道。

「這是一杯記念逝去的愛人的酒。」老闆沒有收回桌上的酒，也沒有抬頭看程遠，只是繼續擦拭着手上的杯子，淡淡地說着。程遠不知道老闆為什麼會調這一杯酒給他，大概是自己哪天喝醉酒後說過吧，所以也沒有太大反應。

「瑪格麗特在一九四九年獲得了美國全國雞尾酒大賽的冠軍。一位洛杉磯的酒吧調酒師失去了他最愛的妻子，所以用檸檬汁的酸味代表心中的酸楚，用鹽霜意寓懷念的淚水。而瑪格麗特就是她的名字。」

程遠取過酒杯，默默地轉動着，不知是鹽霜在發亮，還是眼眶中的淚水折射了頭頂的光線。

「如果讓你回到那天，你覺得你可以改變什麼嗎？」老闆終於放置好了手上所有的杯子，吧檯恢復一片整潔，乾淨得發亮，發油。他雙手撐着吧檯，身體向程遠傾斜，眼睛直直的望進程遠的眼裏。老闆的頭髮已經有許多銀白，皺紋也佈滿了眼角，唯獨眼神卻格外明亮，像是能看透人心一般的能力一樣。

程遠深吸了一口氣，閉着眼抬頭，久久才道：「如果可以重來，我一定不會讓她出事。」

四

程遠不知道昨晚是誰送自己回來的，只知道喝完瑪格麗特後他又喝了好多酒，最後直接昏睡在了酒吧。

「程遠你醒了嗎？」房門外突然傳來一把女聲。嚇得程遠立刻掀開被子查看，確認自己衣服還完整地穿在身上，才鬆了一口氣。可是那把聲音分外的熟悉，像陽光一樣熾熱，卻又像月亮一樣溫和。然而他不敢去想，不敢打開這一道門，這樣她就還在。

房門最終還是被打開了。可是出現在程遠眼裏的人正正就是夏燃。程遠瞪大了眼睛盯着夏燃，生怕一眨眼她又消失了。這兩個月裏面她不斷地出現在程遠的夢裏，可是每當他以為她回來了的時候，一眨眼又不見了。他期待在夢裏見到夏燃，可是卻再也承受不了再次失去她的痛了。

夏燃走向程遠，伸出了有溫度的手探了探程遠的頭「還好退燒了，頭還痛嗎？」

程遠這一刻不管是真實還是夢境，他只知道他真的很想念夏燃，他用力的抱緊夏燃，將頭埋進她的胸膛，像極了一個小孩在媽媽的懷裏撒嬌的樣子。

「你不要再離開我了。」程遠抽泣道。

雖然完全不清楚發生了什麼事情的夏燃，以為程遠只是做了個噩夢。她用手溫柔地撫摸着程遠的頭髮，任由他將眼淚沾濕她雪白的裙子。

夏燃回來了，她真的回來了，程遠不是在做夢。時間回到了一九九二年的十二月三十一日。

「這一次我不會再讓你出事了。」

五

「老闆，你的戒指……」女孩轉動着自己右手無名指上的刻有「cy」的白金戒指欲言又止地道。

程遠看了一眼說：「這是我太太設計的，世界上只有一對。」

只有一對……

女孩疑惑地看着自己手上和程遠款式相似的戒指，不知道自己是怎麼得到這枚戒指的，也不知道它從什麼時候戴在了自己的手上。只覺得冥冥之中似乎有些什麼在牽引着她來尋找一些記憶殘缺的碎片。

「那你的太太在嗎？」女孩天真的問。

程遠安靜了。他看向女孩，意味深長地笑了笑，繼續調着手上的酒。

「她過世了。在〇三年沙士的時候。」

「喔……對不起。我……不是故意的。」

「沒關係。」

「這杯瑪格麗特味道真特別！」女孩端起杯子左右打量道。

「對了！你有見過一個梳着油頭，穿純白恤衫，身高大概一百七十五的男生嗎？」

程遠的手機屏幕突然亮了起來。屏幕上的背景就是一個梳着油頭，穿着純白恤衫的乾淨大男孩，旁邊還站着一個身高和他相若穿着白色長裙，有一頭順直黑髮的女生。正正就是眼前這名顧客的樣子。

「沒有。」程遠回答道。

最後他調了一杯龍舌蘭日出給女生。「這杯免費。」

在程遠的印象裏，夏燃就像是夏日黃昏的天色，不刺眼卻又無比的溫暖。可是黃昏很快就會變成黑夜，無論人們多麼想留住它，最後依然要回歸於夜的淒涼。然而黎明過後又將迎來新的日出。如果說瑪格麗特是「執著」那麼「龍舌蘭日出」應該就是「釋懷」吧！

這一刻程遠終於明白了，酒吧前老闆讓他回去的原因。既然有些事情是註定會發生而無法被改變的話，何不好好地說一句「再見」，就像那日穿着純白長裙，如孩子，又如天使一樣純真可愛的夏燃一樣，轉身朝着對方，用最燦爛的笑容迎接離別。

愛情樂園

劉彥汝

一・復樂園

流聲近日覺得生活苦悶難耐。明明是嚴寒天氣，卻頻生傷春悲秋之情。這對於流聲這樣的女孩子，是很常見的。因為有像她這樣的一類人，「戰爭中他們流盡鮮血，和平裏他們寸步難行」。生活的平庸使她不堪耐受，於是只得在頭腦中為自己造夢。她不像大多數女孩子一樣，要安穩的生活和一個愛慕自己的男子。她要很多很多東西，要而不得，就生出一種煩悶之情。

於是，流聲決定給李木打電話，約他見面。李木說：「正好也想約你。」

下午五點十分，流聲到達約定的餐廳。

她與李木只約定了地方，沒有約時間。李木在電話那頭說：「到時候看吧，妹妹。」這樣隨便，是李木的風格。

流聲來得過於早了。還不到晚飯的時間，餐廳裏只她一個客人。她叫了一壺熱水，選了臨街靠窗的位置坐下。在這裏剛好可以看向窗外的街景，也可以看見李木過來。屋裏的暖氣與屋外嚴寒的空氣在窗子上短兵相接，化成了一道道氤氳的水汽，把窗外的景都映模糊了。天色已經晚了，太陽的光還未完全暗下去，五顏六色的街燈也還未亮起，年下相約喝酒吃飯的人還蜷縮在暖氣房裏未出動。真是好一片灰茫茫的清冷世界。

小城的一切，都使流聲在心裏深處生出一絲厭煩。這裏的一切都是陳朽、落敗、即將瓦解的樣子，破落的街道、髒兮兮的商場、鼎沸的人聲……

熱水一杯杯地喝下去了，服務生來問了兩遍要不要點菜。流聲想給李木打個電話，告訴他自己已經來了。轉念又想，「被他知道了自己來得這樣早不好吧？」，「又沒有約定到達的時間，這樣催他倒顯得自己好急。」……只有遇到跟李木有關的事，她才會如此猶豫糾結。在李木面前，她永遠像個喪失主觀立場的「失聲者」，無論她本性多麼率直，在他那裏她自然而然扮演了溫順妹妹的角色。

繼續等下去，流聲點了一根煙。因為要等李木，才買了一包煙，流聲還是第一次點煙的生手。廉價火機的火苗一躥老高，倒使她心頭一驚。連忙把煙湊上去，猛吸一口，煙頭燒得焦黑。在他們縣城這個閉塞的小地方，女生抽煙還是一件令人側目的事情。流聲把自己包圍在自己都覺得嗆人的煙霧裏，挑釁地望着身邊來來往往的服務生。一是避免自己等人的尷尬，二是煙與挑釁的姿態形成一種畫面，與李木給她帶來的感覺相關聯。

在流聲純白的少女時代裏，李木扮演的是一個闖入者的角色。雖然他們的生活從未真正有過交集，好像站成了兩岸，兩個世界，各自觀望着屬於彼此的神秘國度。

李木比流聲大七歲，他認了流聲爸爸當乾爹，流聲才有機會成了他的妹妹。這麼多年來，他一直小心謹慎地照顧着流聲的父母——他十分敬重的兩位老人。李木的闖入，始於流聲高二時期的一次家庭聚會，只一面之緣，他成了流聲頭腦中揮之不去的那個人。

李木何以吸引到流聲呢？大概是，打第一眼起，流聲就感覺到，他是和她站在世界同一邊的人，而且，他比她走得更大膽、更遠一些。作為一個學生，流聲的生活無可選擇地被無窮無盡的習題與公式充斥着。她順從地接受着這一切，但這些並不是她想要的。她要更多的放縱、更多的激情、更多的愛與慾望。在她的眼裏，這才是生活。所以，她從第一眼見到李木時就知道，她要的這些李木身上都有。高中時代的無數個夜晚，流聲埋頭於漫長的晚自習教室裏，將冰封的熱情投向李木，這個遊走於一場又一場酒與音樂之間，喧囔而自在的男人。

這麼多年來，他們兩個一個是火焰，一個是海洋，彼此張望卻從未碰撞。沒有碰撞，只是因為時機未到。站在世界同一邊的人，總會在某個節點相遇。事情就這樣突然地發生了，就在昨天。

一輛白色的寶馬車停在了餐廳門口，車上的人下來了，不是李木。流聲又點了一根煙，在一根煙的時間裏，她想起了昨天發生的事。

昨天是一年一度的家庭聚餐，二十好幾個人圍成一桌，都是流聲的哥哥姊姊。大家相隔一年未見，激動地敬酒、交談，亂哄哄一片。每到這種場合，流聲總是坐在李木身邊的。他們挨着坐的三四個人自然聊了起來。李木旁邊的阿言說起了「理想與現實」這種陳舊話題，引得大家一陣感慨。李木堅定地說：「我跟你們每個人想得都不一樣，除了流聲妹妹，只有她能理解我。」霎時間流聲覺得喧鬧的人羣被劃了界，一邊是李木與流聲，一邊是其他人。流聲不知李木竟對自己有相同的感覺，一時覺得愕然，隨即又開始享受這樣的感覺。

酒過幾巡，人人都添了幾分醉意，又轉場到了KTV。李木將流聲單獨拉到一個空包房裏。房間是黑的，李木並沒有要開燈的意思。透過走廊上透進來的一點點光，流聲看不清李木的表情。她只感覺到李木朝她張開了雙臂，她便一下子擠進他臂彎。沒有絲毫猶豫地做完這個動作，她才察覺到自己並未質疑這個擁抱的意義。是李木要還她多年的心意嗎？還是這一刻，他需要她？總之，李木要抱自己，自己便這樣急急地接受了，連自己都有些不好意思。

李木一點一點將她抱得更緊，彷彿他們的擁抱不是一個靜止的動作，而是一個過程，是兩個人肉體與心靈不斷對話的過程。

李木邊抱着她邊說：「傻妹妹，你受委屈了。」

有能力愛一個人多麼偉大，好像是用力去愛的能力才能使流聲感到自己在真真正正地活着。流聲從來不覺得自己劣勢或者委屈，為愛欲而活的女子不會計較這麼多。然而李木的話一出口，流聲也受觸動，竟險些將眼淚落在他肩上。

「我們是世交，我怎敢輕易跟你戀愛？我若負你，我們的家庭怎麼辦？」李木說。

「我以為你根本不喜歡我。」流聲有些酸酸的。

「不是這樣的，我一直很欣賞你……你不知道，咱家這些年每個聚會，我從不缺席，因為我每年聚會最想見到的人就是你……」

這麼多年來，李木一直對流聲的愛婉言相拒。這一直以來的拒絕變成了「不敢接受」，一切在流聲的心中漸漸清晰起來。她好像明白了他的考量與苦衷。

「你要知道，我只想跟你談一場戀愛，並不要求長久。」流聲慢慢離開他的懷抱對他講。這是真話，也帶着點委屈。這時她看着他的眼睛，他的眼神很複雜，好像有什麼東西亮了又滅。

「原來你這樣想，妹妹，可我不得不多想。我現在也有了女朋友，我們沒在最好的時機相愛，我不能辜負兩個女孩子，你能理解我嗎？」

流聲不語，在這種時候，她會選擇忽略掉他身後的另一個女人。李木又抱住了她，這次是安慰的語氣：「沒事了，妹妹。慢慢你就不喜歡我了。」

流聲只是重複一句：「為什麼不能試試？」

李木放開了她，不再說話，也並不拉遠兩個人的距離。靠得這樣近，流聲能感覺到他的呼吸與溫度，一切好像靜止了。他們接吻了，僅僅兩秒。說不上是誰先吻了誰。流聲如夢初醒般先彈開。如果細細經歷這一個吻，不知要花多久懷念。纏綿本是喜悅，在流聲這裏卻成了畏懼。

又一根煙抽完了，流聲終於看見李木從對面馬路上走來，邁着輕快的步子。其實，雖經歷豐富——流聲也不太了解李木究竟經歷過什麼，他還是個簡單的男孩不是嗎？永遠這樣活潑，這樣散發着魅力。流聲知道，再也不會有人這樣懷着詩意的情懷欣賞李木。

二・失樂園

李木也享受在某個女孩頭腦中幻化成一種詩意符號的感覺。他從小便是一個叛逆的小孩。這種叛逆並不是來源於什麼異於常人的天賦，也並不是由於他對某些世事看得透徹之後流露出的不屑。相反，他頭腦簡單得很，他什麼也看不透，也不想看透。他只想像個孩子一般，做一些越矩的事情——既然是孩子式的叛逆，也無需承擔太大的責任。生活的平庸，於他而言也同樣不可忍耐。為此，他虔誠追求一些熱烈的東西，也虔誠相信一些永恆的東西。比如，他喜歡一個小女孩被他迷住的樣子。他相信，一個女孩一旦在某個時期被他迷住，他在她心底留下的印象便永遠不會變。

又是一年一度的家庭聚會，李木不耐煩地抽一根又一根煙，跟旁邊的人也說着話，卻也沒什麼意思。他剛跟女友吵完架便來參加聚會，一時還沒調節好狀態。女友本是李木心愛之人，是他從別的男人手裏「搶」過來的女人。在爭奪時，如上戰場，李木根本來不及想許多，他只喜歡這種追逐的感覺，所以對她百般疼惜。可當「獵物」變為「枕邊人」，疼惜成為日常，日日相對下，就會生出厭煩。

他看看自己右邊的座位，是空的。流聲妹妹還沒有到。一年未見了，他不禁想：「她會變成什麼樣子呢？……她還像從前般喜歡我嗎？」

正想着，一回頭，流聲便站在他身旁了。

「喲！」李木驚訝地說。一是她突然出現使他驚訝，二是他眼前這個女生跟他印象中的流聲妹妹大不相同了。原來她小女生未長開的身材如今已經出落得高挑、美豔。一頭小短髮也不再是稚嫩的學生妹風格，而是別有一番風韻。

「嗨。」流聲嬌羞地一笑算是打招呼了。她用手自然地把散落在眼前的碎頭髮向後撥了撥，又用手擺弄着幾綹，坐下了。這一串動作，無意間將風情兜售出來。他離得最近，照單全收。眼神也變得灼熱起來。她並沒有注意到他的變化。

流聲坐下便開始吃東西，也不怎麼說話。李木隱隱感到今年的流聲待自己的態度與往年不同。他開始在心裏默默回想今年流聲發過的朋友圈。「她有了一次戀愛，又分手了，應該對她影響不小。在這次戀愛之前，她還是個眼裏只有我的小姑娘……」

「不行。」李木在頭腦裏自己對自己說，「她就快放下我了，但我不允許這樣的事發生。」這麼多年了，他簡直是享受像流聲這樣年輕美麗的小姑娘迷戀他的感覺。這樣的迷戀讓他覺得自己魅力不減。女友那樣的姑娘，僅在追逐時最有趣，在她愛上他的一剎那，成就感最強。愛過之後，她便成了最普通不過的女人。一個毫無神秘感的女人，一個只要男人寵溺與愛的女人。而且，她不要激烈的愛，她要他把愛平分到每一天，跟她柴米油鹽地過日子。這樣的生活李木倒也覺得安詳，可在見到流聲這樣的女孩時便覺得有些不耐。

況且，自己和女朋友的這種關係，已在岌岌可危的邊緣。女友的家人嫌棄自己沒有穩定的工作，給不了女友穩定的生活。而流聲絲毫不在意這些，就算流聲的父母在意，流聲也會站在自己這邊。憑她也喜歡激情和闖蕩，憑她總是為愛情沖昏頭腦的傻氣。如果說要未雨綢繆下一個選擇，那流聲就是一個最好的選擇。

五分鐘的功夫裏，李木已經堅定了自己的想法——他要喚起流聲對他的愛慕之情。這麼多年流連於情場上，換過一個又一個的女朋友。一個女孩是什麼性格，期待什麼樣的愛情，該如何應對，李木還是心中有數的。不知是技巧來得太熟練了還是實在經歷過太多次了，李木在「拿下一個姑娘」的目標之下來不及細細想「是不是真正喜歡」這樣的事。佔有慾已經跑在了情慾的前面。

正好阿言聊起了「理想與現實」的話題，用不着多想，李木以表演的姿態擲出一句話：「我跟你們每個人想得都不一樣，除了流聲妹妹，只有她能理解我。」他看流聲不語，便獨自欣賞着自己的演技。他了解這句話在她心中的分量。對於那樣一個小女孩來說，愛情即是彼此了解，支持，肩並着肩向共同的理想走去，不是嗎？他不夠了解流聲，他自以為將她看得透徹。然而，他不自知，流聲最吸引他的地方便是那抓不住的神秘。他知道，她有時愛他愛得癡迷又熱烈，而有時便突然不愛了。這最令他覺得有趣。

酒過幾巡，一行人轉場去了 KTV。李木先眾人一步到了包房裏，點了一根煙，坐下開始唱歌。流聲到包房門口時，李木正唱到那句：「是你的遺憾，與我有關……」他邊唱邊看着流聲。他知道自己已有了幾分醉意，便不再遮掩自己的慾望。用眼神愛撫着她，由頭到腳，由下再到上。

流聲不敢接他的目光。自己找了個位置坐下。李木便上來遞上一瓶酒，與她碰杯。乾喝無趣，李木提議玩真心話大冒險遊戲，誰猜拳輸了便接受懲罰。玩了幾輪，問了些無關痛癢的遮掩性問題後。又是李木輸了。流聲這次藉着酒意大聲問：「當初我喜歡你時，你為什麼不接受我？」

李木覺得自己的願望達成了，雖然流聲說的是「當初」，代表着自己已經有段時間離開了她心中的核心位置。李木覺得他成功地點起了流聲心裏某個柔軟的情愫。他笑着沉默，做出一時不知如何作答的樣子。旋即堅定地說：「妹妹你出來！有話跟你說。」

他徑直向一間空包房走去，她也跟了過去。包房裏沒有燈。看起來流聲沒有要開燈的意思。在昏暗的一點點光下，流聲純白的小臉看起來既興奮又委屈，她的胸脯因為忐忑不安而上上下下地起伏。這樣的流聲多麼惹人憐愛。李木有一霎那的恍惚，毫不猶豫地抱住了她。

「傻妹妹，你受委屈了。」這樣的話是從他心底說的。他感到流聲在他懷裏震顫得更厲害了。他慢慢將她抱緊，像是在安慰她，自己也貪婪地汲取她的溫柔。擁抱的慾望，原來也可以是身體對身體的，不來源於任何感情。

他知道流聲還在等他一個答案。他對她多年的苦戀一直視若無睹，她要一個答案，一個溫柔的答案。李木便說：「我其實一直很欣賞你……但我不敢輕易跟你戀愛……我負不起你……」那就把這種視而不見從「你對我沒有吸引力」變成「你是一個太珍貴的人，我要不起」吧，這是經典話術，也是男人在摸不清自己感情變化時的自我欺騙。

他慢慢放開流聲，卻並不拉遠他們之間的距離。他想吻她，卻不急於向前，好像只是觀望，好像自己「要不起」。他感到流聲輕輕向前試探一步，他也並不退後。流聲吻了他僅僅一下子她便撤開了。是小女孩拙劣而不懂得調情的一吻，卻也生澀得可愛。突然一下子他好像有點了解流聲，這個可愛又神秘的女孩子，亦有着不屬於她這個年齡的成熟與理智。面對着自己刻意佈下的夢境，她亦能看出話術之下的虛空。

三・談判

「這個煙好嗆。」流聲對李木說着。在看到李木的身影時，流聲的心情竟然上上下下緊張了起來。本來就不熟練地把煙吸進了喉嚨，一下子咳嗽不停，眼睛酸酸的。

她知道，這次見面於她，於他們而言意味着什麼。在自己的眼裏，是跟自己喜歡的男人在一起，享受最後的溫存；在外人眼裏，是小三把女友拉下神壇，轉身為正的爛俗故事。一夜之間，流聲已看清自己所處的地位與所擁有的籌碼。在他眼裏又是什麼版本呢？流聲不禁好奇。

李木出場時正是哥哥的樣子，佯裝生氣地問：「什麼時候學會吸煙了？」

「其實也沒有。」流聲不好意思地笑笑。

李木把自己的煙遞過去，又把流聲的煙拿了過來，說：「你吸這個，我們交換一下。我喜歡你那個煙。」

這種交換貼身之物的行為既無特別的意義，又能恰到好處地展示曖昧。李木在來之前便想得很清楚。在情場戲裏，他是個專業的演員。與流聲的這場戲，他為自己設定的角色是，一個在好心婉拒多年後，終於回頭愛上她的浪子。只是，愛是愛，生活是生活。他依然不能為了她辜負他的女朋友，這樣叛離感情的事自己做不出。

他亦為自己設計了雙層次的劇情。一種是拒絕，一種是迎合。如果流聲不主動躍過「兄妹關係」的界線，自己就是最溫柔的大哥哥。如果流聲有意與自己發生關係，自己也不會拒絕。不管怎樣，他自己都能應對如流。

剛剛入座，他便開門見山擺出自己的立場：「妹妹，昨天發生的事，我現在回想，既有些後悔，又覺得很好。這對我們之間的事來說，是一個完美的 ending，不是嗎？……你不要想着我了，妹妹。」

流聲心裏一驚。她沒想到，李木會這樣的「道德正確」。她一直以為，兩個人在一起，才是道德。自己來這裏坐了這樣久，也沒有想好自己要什麼，該怎麼跟李木說話。他一出現，短短兩句話，自己便要全盤垮掉。在與李木的針鋒相對中，自己永遠也佔不到上風。她一點點撥着盤子裏的魚肉，一根根地往外挑刺，不知如何作答。

李木又接着擺事實，講道理：「妹妹，我若現在就跟女朋友分手，拋下一切跟你在一起。連你也會瞧不起我的。你會認為我是一個不負責任的男人。」輕輕一拋，將責任與選擇權丟在另一個人身上。這是他用慣的招數。他見流聲默默地不說話，一副有情緒的樣子。便知他無法估有這個女人了。在關鍵時刻，流聲的自尊大過她的情慾。他便又隨即說道：「不會再有其他女人了，妹妹。如果我跟她分手，那下一個必定是你。你記住，以後不是你來參加我們的婚禮，就是我們一起舉行婚禮。」

多麼美的承諾。流聲多願意相信，一邊是責任，一邊是愛情。他不能放手，只是困於他女朋友依賴他，只有自己才真正了解他。「我不會瞧不起你。反而會覺得你很勇敢。」她半天吐出這一句話來。如果他怕什麼，她願意替他堅強。

一邊是已經陪伴自己一年多的女朋友，一邊是新鮮的流聲。李木把兩人放在天秤上秤一秤，明白他沒有理由為了一個只出現在眼前幾天的頗有新鮮感的人而放棄那個能長期陪伴自己的人。流聲畢竟是小孩心性，愛情來得快去得也快，他內心深處仍有一絲絲預感，怕自己駕馭不了這樣的女孩。誰該留下，誰該放手，在一瞬間李木是堅定了的。

「別說傻話了，妹妹。我們做個承諾吧。有一天我們一起去一個地方旅遊好不好？我想去澶洲島很久了。我女朋友不熱愛旅遊，不會跟我一起出來的。」

「等你解決好女朋友這件事再說吧。」流聲賭氣地說。

「這沒關係，跟妹妹一起旅遊也很好。」

「這一點都不好！」流聲心想，她不知該把自己擺在什麼位置，甚至不知道自己想要什麼。追求熱烈的激情的女子，向來堅強到足以承受激情所帶來的後果。可自己在面對這種誘惑時，終究還是徘徊着不敢前進一步。

「終究還是孩子。」李木想。這樣孩子氣，要什麼感情便要得清清楚楚。這樣孩子氣……卻有着妙曼的身體……這樣孩子氣……終究做不得他風情萬種的情人。

四・樂園

天氣預報說，今天大幅度降溫，夜間會下雪。

在餐廳裏不覺得，一出了門竟這樣冷。怎麼也要逼近零下十度了。

「陪我散散步吧。」流聲說。有着隻身闖進風雪裏去的凜然之感。兩人的衣衫都很單薄。走了沒幾步，身體都瑟瑟發抖着。流聲挽住李木的胳膊，李木便握住她的手，放進自己大衣口袋裏暖着。這一瞬間的溫存使流聲心下一動。她明白，她可以這個時候要李木。她可以這個時候放下一切，讓他們兩人都快樂起來。可是，然後呢？

流聲的腦袋裏突然躥出奇怪的想法——張愛玲在《傾城之戀》裏，寫兩個攻心算計的人終於在戰亂的城中彼此靠在一起。不正像這一刻一同經歷嚴寒的自己與李木嗎？

這樣的速食時代，誰不是在愛情中各有所求？有時根本無法稱之為愛情，只是一種關係。博弈的兩個人在一個又一個的回合戰中靠得更近或者散得更遠。她自己愛李木嗎？她又愛他多少呢？

流聲感覺到涼意不是從外面來的，而是從身體裏慢慢升起來。她又打了個冷噤，想讓李木抱抱她。如果這是場博弈戰，那一定還未打完。

至少在這一刻，流聲覺得很快樂了。

主編簡介

麥欣恩

畢業於香港中文大學，後獲香港科技大學哲學碩士及新加坡國立大學哲學博士，曾在香港及韓國的數間大學任教，現為香港中文大學中國語言及文學系助理教授。她也是電影編劇、小說作者及影評人，曾從徐克導演習編劇，現為國際影評人協會及香港電影評論學會會員。研究興趣包括華語電影及文學、香港電影史、冷戰年代香港與亞洲的電影與文化交流史等。

作者有話說（依文章順序排列）

孔惠瑜——感謝讀過我作品的你們。

曾欣欣——未完待續……

莊　瑩——中文系學生。
喜歡胡思亂想，想在書架上搭穿梭機，想掌握用筆發夢的技能。
喜歡聽故事，想像結局以外的結局，寫小說經常有開頭沒有結尾，
希望世上所有故事一直發展下去。

李嘉偉——

詩人，漫遊者。作品散見於《飛地》、《詩林》、《揚子江詩刊》、《字花》。曾獲全球華語青年文學獎、重唱詩歌獎、瘋人碗詩歌獎。有公眾號「當哭」。現與友人創辦「快速眼動雙月詩歌獎」，歡迎來稿。

李綺雯——

香港中文大學中國語言及文學系三年級本科生。一個喜歡把想像注入筆尖，用文字記錄生活的少女。如果你覺得文學是一個遙不可及的世界，我希望你能藉由我的文字去探索那處地方的美與真、體會那兒的苦與悲、了解那裏的險與惡。

黃天穎——

小學的中文課，我的作文常會貼堂。一路走來，都覺得自己是個考試機器，只不過比他人用字精煉一些，立意更強一點，寫作是我引以為傲的一份卷，卻並非我打從心底裏所熱衷。隨着年齡漸長，脫離了倒模式的教育制度後，才真正發現寫作的樂趣。

文字於我而言不再是工具，我終能放下「目標為本」的心態，摒棄既有框架，隨心寫。在大學裏即使決定了走新聞系的路，創作這志業一直縈於我心底，即使正向傳媒行業進發，仍選修了中文系課程，希望持續練筆，即使不能成為作家，亦未至於以辭害志。

慶幸遇上欣恩老師（本書的主編），她的課既生動又具啟發性，沒想過一次北角文學散步，一篇隨筆，圓了我兒時的夢。拙文一篇實不足掛齒，更令我感恩的是有同儕互相切磋，每每閱到他們的作品，先是自慚形穢，後使我更努力追上。文學人的風骨，是別系裏找不到的。作為外系生，我更清楚一切不是理所當然，這份突如其來的肯定，我倍感恩。

曾治

我是來自香港中文大學中文系的曾治，非常高興自己的文章能在大學期間出版。我沒有太多寫作經驗，短短二十年的人生經歷也談不上豐富，只能用筆記錄下那些還算值得回憶的過往，描繪眼中的香港。

李毓寒——現任中學教師，從小喜愛中國文化，少時臨池學書，現又幸得良師益友相伴，生活一直充實愉快。目前偶爾寫詩寫文，希望自己的部分作品能被看見，期待與更多作者讀者的交流。

劉裕城——今天寫的自我介紹，明天已認不出是誰。

劉樂遙——唔識寫嘢唔好夾硬嚟。

蕭鳳君——本人為中大中文系大三學生。這一年，註定了是不平凡，不安定的一年。經歷了許多國際性、社會性、乃至個人的問題。在有驚無險中能發表一年前寫下的文案。我喜歡用文字記錄生活，用文字拒絕遺忘，故寫成了書中其中一篇短小說。當中仍有許多不足，但是卻是第一篇被出版的小說，與我有非凡的意義，更鼓勵我繼續創作，或會在未來走上寫作的路。

劉彥汝——

膜拜一切好的文字中那令人沉靜的力量，那鮮活動人的生命力與準確、直擊要害的快感。有時，我也希望把生命中鮮活的經歷轉化成故事，在故事裏經歷二度人生。

街區味道——青年創作文集

主編／麥欣恩

策劃編輯／羅詠恩

特約編輯／孔惠瑜、曾欣欣、劉樂遙

美術設計／鄺穎殷

插圖／棗田

出版發行／突破出版社

香港沙田亞公角山路 33 號突破青年村

電話：2632 0000　傳真：2632 0388

電郵：breakthrough@breakthrough.org.hk

網址：http://www.breakthrough.org.hk

http://www.btproduct.com

承印／陽光（彩美）印刷有限公司

2020 年 11 月初版 1 刷

Taste of the City

Edited by Mak Yan Yan

First Printing, First Edition, November 2020

Printed in Hong Kong

ISBN 978-988-8562-23-7

香港藝術發展局
Hong Kong Arts Development Council 資助

香港藝術發展局全力支持藝術表達自由，
本計劃內容並不反映本局意見。